247의 모든 것

247의 모든 것

김희선 장편소설

은행나무

차 례

28장. 에필로그

변종 니파바이러스의 슈퍼전파자이자 인류 최후의 숙주였던 247이 죽었다는 소식은, WCDC(World Centers for Disease Control, 세계질병통제센터) 홈페이지의 공지란에 처음 게재됐다. 건조하면서도 간결한 어조로 적힌 공지는 올라오자마자 소셜미디어를 타고 빠르게 전파됐고, 잠시 뒤엔 긴급재난문자를 통해 한 번 더 선포됐다. 길을 가다 말고 사람들은 일제히 멈춰 서서 휴대전화를 들여다봤으며, 보일 듯 말 듯한 미소를 지었다. 개중엔 참지 못하고 환호를 지른 이도 있었지만, 다른 사람들의 힐난하는 눈초리에 곧바로 입을 다물고는 머쓱한 표정으로 가던 길을 갔다. 어쨌든 사람이 죽은 거니까. 그러고 보면 예나 지금이나 대중은 죽음 앞에서는 아주 잠깐씩 너그러워지는 걸까? 247번이 공인된 인류의 적이었음에도 사람들이 그의 죽음 앞에서 기뻐 날뛰지 않은 걸 보면 말이다. 심지어 도시의 중앙 광장엔 작은 제단이 마련되고 몇몇 사람들은 애도의 꽃다발을 내려놓기까지 했는데, 사흘쯤 지나자 꽃들은 시들고 누렇게 변하더니 바람에 날려 어디론가 사라져버렸다.

불행히도, 어떤 운 나쁜 이들은 247이 마지막으로 내뿜은 빛을 직접 목격했다. 적어도 그들은 그렇다고 주장했으며, 끝까지 툴툴거렸다.

"세상에서 가장 불결한 인간이 마지막으로 보낸 메시지를, 글쎄 우리가 보고 만 거지, 안 그런가? 솔직히 재수 옴 붙었다고 생각했어, 그게 뭔지 알아차린 순간 말이지. 하긴, 어쩌면 그때 위를 올려다보지 말았어야 했던 걸지도 몰라. 하늘을 쳐다보지 않았다면 그 불빛도 못 봤을 테고, 평생 이렇게 찝찝한 기분에 휩싸인 채 살아가지 않아도 됐을 테니까. (손에 들고 있던 담배를 한 모금 쭉 빨아들인 뒤) 그런데 어쩌겠어? 그날따라 이상하게 담배가 피우고 싶은걸. 할 수 없이 계단을 내려가 아파트 옆 공터에서 담배를 피워 물었고, 연기를 후 내뱉으며 고개를 살짝 뒤로 젖혔는데, 바로 그때 그게 보인 거지 뭐. 그 빛. 그 기분 나쁜 빛. 괴이하게 명멸하며 무슨 신호라도 주듯 움찔대던 그 빛! 처음엔 유에프오가 아닌가 했어. 아무리 봐도 그냥 별빛은 아니었고…… 게다가 엄청나게 빠른 속도로 눈앞을 휙 지나갔으니까. 나중에 검색해보니 그게 하루 동안 지구를 열다섯 번이나 돈다더군. 진짜 굉장한 속도 아니야? 그러니 내가 볼 수 있던 건 몇 초 정도밖에 안 되는 찰나에 가까운 시간이었지."

"잠깐만요. 좀 전에 분명 그게 무슨 신호라도 주듯 명멸했다고 하지 않았나요? 그래서 그 깜빡이는 불빛을 받아 적고 보니 247이 보내는 메시지가 담긴 모스 신호였다면서요? 그런데 이번엔 엄청나게 빠른 속도로 하늘을 휙 가로질렀다고 하는군요. 대체 둘 중 어떤 이야기가 진실이죠?"

그러자 운 나쁜 목격자의 말소리는 점점 빨라진다.

"아무려면 어때? 중요한 건, 내가 그걸 봤다는 거 아닌가? 정말이야, 난 봤다고. 광속으로 눈앞을 스쳐가면서 동시에 지구로 마지막 신호를 보내던 그 인공위성을. 그건 진짜 끔찍한 경험이었지. 난 트라우마까지 얻었으니까. 그 후론 마음 놓고 밤하늘을 올려다볼 수 없게 됐거든. 이번엔 또 뭘 보게 되려나, 그런 상상을 하면 온몸의 털이 곤두서면서 속이 울렁거리고 토할 것 같은 기분마저 든다고. 사실 그걸 목격한 뒤로 병원에 두 번이나 다녀왔어. 난 의사에게 물었지. 의사 선생, 솔직하게 얘기해주쇼. 정말로 감염의 위험은 없습니까? 왜냐하면 내가 어릴 땐 그런 풍문이 떠돌았으니 말이야. 눈에 다래끼가 난 사람을 마주 보면, 오직 바라보는 것만으로도 그게 옮는다는 이야기, 댁도 들어보지 않았나? 그러니까 247이 탄 인공위성을 봤으면, 그 뭐냐, 그 무시무시한 바이러스, 그거에 감염됐을 수도 있다, 이렇게 생각한 거지. 내 말이 비과학적이라고 생각해도 상관없어. 나 말고도 얼마나 많은 사람들이 그런 공포에서 벗어나지 못하고 있는데. WCDC인가 뭔가가 그럴 걱정은 없다고 공식적으로 발표했지만, 누가 알겠어? 놈들이 또 뭔가를 숨기고 있을지를. 질병통제센터 놈들은 언제나 그렇잖아. 뭐든 숨기고 뭐든 비밀로 하고 결국 우린 아무것도 알 수 없게 되지."

"의사는 뭐라고 말하던가요?"

"당연히 의사도 그런 걱정은 집어치우라고 했어. 니파바이러스인가 그게 암만 강력해도 우주 공간을 지나 성층권을 뚫고 곧바로 인간에게 날아올 순 없다는 거야. 하지만 그 말을 도무지 믿을 수 있어야지."

여기서 말을 멈춘 목격자는 갑자기 분주한 몸놀림으로 가방을 뒤진다. 잠시 후 그가 꺼내는 것은 비닐 파일에 들어 있는 얇은 책자다.

"보라고. 여기에도 나와 있으니까."

그가 들고 있는 것은 '바이러스 행성'이라는 제목이 붙은 얇은 책이다.

"종이책이로군요?"

"그래, 맞아. 요즘엔 이런 걸 어디 가서도 구할 수 없지. 바이러스에 대해 알아보려면 인터넷을 뒤지기만 하면 되니까. 아니 그럴 것도 없지. AI에게 물어도 금방 대답해주긴 해. 그런데 그거 알아? 놈들은 뭔가를 숨긴다고. 언제나 그래. 뭘 물어도, 무엇을 검색해도, 항상 우무룩하게 대꾸하며, 인간이 알아야 할 것과 알지 말아야 할 것을 구분해서 말해주거든. 하여간 그래서 난 AI에게 절대 아무것도 묻지 않아. 이렇게, 뒷골목의 헌책방을 뒤져 찾아낸 책을 통해 읽고 말지. 그게 훨씬 정확하니까. 이제 믿겠어? 바이러스가 우주 공간을 자유로이 이동할 수 있다는 사실을? 그 무시무시한 생명체는, 아니, 그것들을 생명체라고 불러도 되는지 모르겠군. 왜냐하면 이 책엔 바이러스를 생물이라고 해야 할지 무생물이라고 해야 할지 알 수 없다고 적혀 있으니 말이야. 어쨌든, 바이러스는 아주 오래전 소행성의 암석에 묻은 채 성간을 날아 지구로 왔어. 그들은 산소라곤 없는 추운 우주의 진공도 견딜 수 있다고. 믿어지지 않는다면 이 책을 읽어봐. 맨 앞에 나와 있다고. 어쨌든, 내 결론은 이거야. 그날, 247이 죽던 날, 놈이 타고 있던 인공위성을 쳐다본 뒤로 단 하루도 편히 잠들지 못했다는 거. 난 분명 감염됐을 거야. 그 생각만 하면 미칠 것 같다고. 의사가 아무리 괜찮다고 해도 소용없어. 만약 내가 감염된 바이러스가 변종 니파바이러스의 또 다른 새로운 변종이라면, 대체 누가 그걸 찾아낼 수 있지? 안 그래?"

목격자가 말을 멈추고 갑자기 고개를 갸우뚱한다. 그는 기록자에게 묻는다.

"잠깐만, 혹시 우리 어디서 만난 적 있나?"

기록자가 아니라고 하자, 그가 킬킬 웃는다.

"그런가? 왠지 어디서 본 듯한 얼굴이라서 말이야. 그나저나 내가 어디까지 얘기했더라? 아, 맞아. 이제 생각났어. 그러니까 내 말은 이거야. 언제 저게 추락할지 아무도 모른다는 거지. (그러면서 아무것도 없는 하늘을 올려다보는 목격자) 그 뭐냐, 우주정거장인지 인공위성인지, 하여간 저기에 247이 타고 있었잖아. 물론 247의 시체가 수거됐다는 건 나도 알아. 놈의 몸뚱이를 물 한 방울 샐 틈 없는 특수 보디백에 넣어 한 점 가루도 남지 않게 다 태워버렸다는 것까지도 알고 있지. 하지만 그걸로 정말 끝일까? 247의 몸속에 살던 바이러스들이 그렇게 쉽게 사라지겠냐고, 안 그래? 분명 저 안에는(목격자는 또한 번 하늘을 본다. 마치 소행성이 지구로 돌진해오고 있기라도 하듯, 그의 얼굴은 근심과 절망으로 가득하다) 바이러스로 오염된 공기가 꽉 차 있을 거야. 지금은 아무 일도 없을 것처럼 보이지만, 만약 저 낡아빠진 우주정거장이 고장이라도 나면 어쩌지? 그래서 어느 날 갑자기 성층권을 뚫고 추락하기라도 하면, 그땐 어떡하느냐고! 그럼 우린 다 죽어. 정말이야, 무시무시한 바이러스에 감염되어 다 죽고 말 거라고! (과호흡이 왔는지 숨을 헐떡이다가 쿨럭쿨럭, 기침을 하는 목격자. 손으로 입을 막은 채 당황한 표정으로 사방을 둘러본다) 아, 오해는 하지 마. 감기 따위 걸린 게 아니니까. 인플루엔자 같은 것과는 거리가 멀다고. 단지 (계속 기침을 하는 목격자) 담배 때문이야. 그놈의 담배 때문이지. 진작에 끊었어야 하는데 여지껏 이러고 있다니까. 하긴 애시당초 담배만 끊었어도 247이 보낸 죽음의 신호 따위 안 볼 수 있었을 텐데. 여하간, 중간에 얘기가 딴 데로 새고 말았지만, 진짜 하고 싶던 말은 이거야. 내가 놈의 마지막을 봤다는 거. 그 더러운 인간이 죽으며 보낸 신호, 지구와 인류를 향해 보낸 저주, 그걸 목격했다는 거지. 아직도 기억해. 그 반짝이던 불빛."

그러면서 목격자가 주머니에서 손전등을 꺼내 딸깍이기 시작한다. 자신이 하늘에서 보았다고 믿는 어떤 신호를 재현하는 것이다.

-... . --- -- ... .

-... ... . -- -- ....

--- . .... .-- - .... .--- . ...-..-. ....

--- . .... --- . .-..-.

.... --

.-.. .... --.- ....-. .- .-.-.-

-.- ... -.- -.- ... - ..-. .--- . ....

..-. ... ..-. .... ..- ..-. --. ....

-.- ... --.- --.- --.- --.- ....

--. ....

-.- - .-.- --. --. --. ....-.-.

참고로, 위의 모스부호를 해석하면 다음과 같은 뜻이다.

"당신들은 안전할 줄 알아? 꿈 깨라고. 영원한 격리는 있을 수 없으니까."

그런데 여기서 한 가지 알아둬야 할 것은, 그 불빛을 봤다는 사람들의 진술이 날이 가고 달이 지남에 따라 서서히 바뀌었다는 사실이다. 어떤 간단한 이야기가 가지를 쳐서 점점 자라난 끝에 거대한 서사시가 되듯. 원래 최초의 목격자들은 손전등으로 이렇게 간단한 신호만을 재현했었다.

--. . ...--- .... -

그리고 이건, 잘 알려져 있다시피 "살려줘"라는 의미다. 그러나 시간이 흐를수록 "살려줘"라는 세 음절의 문장에 갖가지 살이 붙기 시작했다. 사람들은 저마다 불빛을 다르게 해석했고 나름대로 받아들였다. 어떤 이는 저주로, 어떤 이는 별다른 의미 없는 비명으로, 그

리고 드물긴 하지만 어떤 이는 그 불빛에서 인생의 진정한 의미를
찾기도 했다. 아래와 같은 식으로 말이다.


```
--. . ..... . -.- .--- . .-- ..-. ..- -... . .--.--
--. - ..... ..
--. . ..... . -.- .--- . ..-. ..
--. . ..... ..-. ..- --. .--- -.- .. .--.--
--. .. ..-. ..- .-..
--. . ..... . - . ..-. ..- ...
..- ... ..-. ..-. .-. ..-. .-.- ....
.... .... ..- .... - ..-. .--- . ....
.... - .-- ..-. ..- --.. . .--.--
```


그들은 불빛이 이렇게 명멸했다고 믿었고, 모스부호 사전을 뒤져
뜻을 알아낸 다음 숙연한 얼굴로 눈물을 흘렸다. 그런 사람들은 아
무 때나, 수시로, 하다못해 뒤에서 오던 차가 아무 이유 없이 트렁크
를 들이받았을 때조차도, 부드럽게 미소 지으며 나지막하게 중얼거
렸다.

"사랑합니다. 서로 사랑하고 아끼세요. 오직 사랑만이 인류를 구
원할 겁니다."

하지만 우리가 진짜로 알아야 할 것은 다음과 같은 사실 아닐까.

WCDC의 공식 발표 말이다. 247번이 죽던 날, WCDC는 홈페이지에 검은 리본을 띄우고 아래와 같은 공지를 남겼다.

공지 8635

247번 확진자가 그리니치표준시로 20XX년 4월 8일 오후 1시 20분에 마지막 생체 반응을 보였음을 알려드립니다. 그는 영면에 들어간 것입니다. WCDC는 인류를 대표하여 247의 죽음을 애도하며, 그가 끝까지 보여준 인도주의적 결단에 경의를 표하는 바입니다.

공지 8636

247은 별다른 유언을 남기지 않았습니다. 그저 잠든 듯 조용하게 마지막 숨을 내쉬었을 뿐이지요.

공지 8637

WCDC는 최대한 빨리 인공위성의 소거 작업에 돌입할 것입니다. 수명이 다한 위성을 지구로 추락시켰던 과거의 방법과 달리, 이번에는 그것을 우주 멀리 영원히 사라지게 할 계획입니다. 이는, 247 및 변종 니파바이러스와 관련된 그 어떤 것도 인류의 안전에 영향을 끼칠 수 없음을 의미합니다.

이 공지가 사실이라면—일부 음모를 좋아하는 자들이 주장하듯, 세계질병통제센터가 우리에게 뭔가를 숨기고 있는 게 아니라면 말이다—247은 그냥 죽었다. 항간에 떠도는 소문처럼 지구로 어떤 신호나 메시지를 보내지도 않았고, 저주를 내리거나 원망을 토로하지도 않았다. 물론 사랑한다고 하거나 인류애를 강조하지도 않았다. 알고 보면 그에겐 그런 신호를 보낼 만한 특별한 통신수단도 없었다. 그가 머물렀던 인공위성이—수명이 다한 국제우주정거장을 재활용한 것이었는데—이따금씩 지구로 보내오는 빛은 아무 의미 없는 반사광에 불과했다. 그러나 그날 밤—247이 마지막 숨을 내쉬던 바로 그날 밤 말이다—하늘을 올려다보다 우연히 인공위성의 반짝이는 빛과 눈이 마주쳤던 이들은 그렇게 생각하지 않았다. 그들은 247이 뭔가를 보냈다고 철석같이 믿었고 거기서 어떤 비의를 읽어내고 싶어 했다.

"그런 식으로 혼자 죽는다면, 난 반드시 뭔가를 남길 거야. 어떻게 아무 말도 없이 세상을 뜰 수 있겠어? 그건 너무 허무한 결말이잖아."

그렇게 끊임없이 불빛에 관해 상상하던 이들이 247에 관해 갖가지 이야기를 만들어낸 것은, 어찌 보면 당연한 결과였다.

1장. 위대한 희생

 그렇다면 이제, 월드와이드웹 어딘가에 가상의 거미줄과 먼지를 잔뜩 뒤집어쓴 채 처박혀 있을 유튜브란 사이트를 찾아가보자.

 www.youtube.com

 구형 모니터나 옛날식 스마트폰의 주소창에 이런 글자를 입력하면, 인공지능은 이렇게 되물을 게 확실하다.

 "정말로 그 사이트에 접속할 겁니까?"

 몇 번의 확인 과정을 거친 뒤에야 그 불친절하지만 엄청나게 머리 좋은 알고리즘이 우리를 그 기괴한 박물관으로 안내할 것이다. 믿어지지 않겠지만, 오래전 사람들은 거기에 자신의 모든 것을 기록하려고 노력했다. 아침에 일어나서 잠들 때까지, 거리를 걸으며 혹은 멍하니 선 채, 뭔가를 미친 듯이 먹거나 혹은 완전히 토해내는 모습들을 말이다. 그 광경을 지켜보는 이가 많을수록 동영상의 주인은 이유를 알 수 없는 흥에 겨워 더 많은 기괴한 영상들을 찍어냈다. 물론 돈벌이가 됐던 것도 사실이다. 하지만 알다시피 인간이 돈으로만 사는 동물은 아니지 않은가. 사람이란, 저마다 누군가가 봐주기를 기다리는 거울들이다. 거울이 스스로를 돌아볼 수 없듯, 우리도 타인에게 반사된 모습을 통해 자기를 인식한다. 그리고 유튜브라는 매체는 그런 욕망을 충실히 채워줬다. 모두가 모두에게 모든 것을 보여주는 삶. 유튜브가 쇠락하기 시작한 건, 80억에 달하는 인간 전체가 각자 저마다의 계정을 가지게 된 어떤 날이다. 그 순간을 역사적으로는 '유튜브의 특이점'이라고 부르는데, 바로 그때부터 사람들은 더 이상 다른 이들의 영상을 보지 않게 됐다. 자기가 만들어낸 자신의 모습에 완전히 푹 빠져버렸기 때문이다. 그들은 각자 스스로의 환영을 만들어냈고 그걸 밤새도록 편집한 뒤 유튜브에 업로드했다. 그런 다음엔 다른 할 일도 잊고 새빨갛게 충혈된 눈으로 몇 시간씩 들여다보며 시간을 보냈다. 유튜브는 새로운 형태의 거울이 됐고, 모든 계정의 구독자와 '좋아요'의 수는 기하급수적으로 감소하기 시작했다. 종국에는 하나의 계정에 한 사람의 구독자—자기 자신 말이다—만이 남는 기묘한 상태에 도달했고, 마침내 유튜브는 소멸했다. (물론 유튜브의 소멸이 그렇게 단순한 과정만을 거쳐 일어난 것은 아니다. 훨씬 흥미로운 SNS들이 끝없이 출현했고, 그에 밀려 유튜브도 서서히 쇠락했으니 말이다. 대표적인 게 '일루전' 같은 건데, 그건 스냅챗과 틱톡, 인스타그램을 합쳐놓은 듯한 홀로그램 SNS였다. 일루전을 통해서, 누구나 자신의 살아 있는 듯한 분신을 지구 모든 곳에 전송할 수 있게 되었다. 일루전이 나오자마자 수많은 젊은이들이 열광했다. 아무것도 모르는 노인들은 길을 가다 말고 누군가와 부딪힐 것 같아 엉거주춤 길을 피했지만, 알고 보면 그건 사실 일루전이 생성해낸 홀로그램 환영이었다.)

어쨌든, 구시대의 유물 같은 유튜브에 접속하면, 247이 우주로 보내지던 날의 영상을 볼 수 있다. 검색창에 '247'이라고 입력하면 동영상들이 주르륵 뜨지만, 당신이 반드시 봐야 할 건 WCDC가 만든 〈위대한 희생: 마지막 숙주의 발사〉이다. 일종의 공식 홍보물이기에 살아 숨 쉬는 247의 생생한 표정도 볼 수 없고 지루하고 평이한데다 화질까지 구리지만, 단 한 가지 좋은 점은, 이것이 가장 객관적인 자료라는 것이다. 거기엔 단 한 점의 감정도 실려 있지 않다. 그저 변종 니파바이러스의 슈퍼전파자이자 마지막 남은 숙주였던 확진자 넘버 247(그런데 잊고 있겠지만 그에게도 이름은 있었다. 김홍섭. 국적은 대한민국이며 발사될 당시의 나이는 대충 오십대 중반이었다)의 최후가 고스란히 담겨 있을 뿐이다.

장면1.

검은 모니터가 서서히 밝아오면, 하얗고 깨끗한 방이 나타난다. 방 한가운데엔 하얀 침대가 있고 그 뒤로 하얀 옷장, 하얀 의자, 하얀 책상이 보인다. 침대 주위엔 바이털 사인을 체크하는 갖가지 기기들이 즐비하게 늘어서 있다. 온통 하얗기만 해서 텅 빈 것처럼 보이던 방 어딘가에서 문득 뭔가가 스멀스멀 움직이기 시작한다. 알고 보니 거기 사람이 하나 있었던 거다. 그는 머리부터 발끝까지 새하얀 옷을 입고 있고, 하얀 방에서 그 의상은 일종의 보호색처럼 작용한다.

장면2.

카메라가 남자에게 가까이 다가간다. 물론 그를 찍을 때 카메라

맨이 직접 방에 들어간 것은 아니다. 감염의 위험을 고려해서 카메라맨은 그 방 근처에도 가지 않았다고, WCDC는 나중에 명확히 설명했다. 그것은 WCDC의 1:1 문의 게시판에 올라온 질문에 대한 답변 형식으로 남겨졌는데, 그 내용은 다음과 같다.

"걱정하지 마십시오. 247번이 지구에서 보낸 마지막 날을 촬영한 것은 당연히 로봇입니다. 사람과 똑같이 생긴 AI 로봇 세 대가 각각 등에 카메라 하나씩을 메고 방으로 들어갔고, 247의 일거수일투족을 촬영했지요. 따라서 이 영상을 제작하는 과정에서 바이러스가 누출되었을 가능성은 전혀 없습니다. 참고로 덧붙이자면, 영상을 찍는 데 동원된 AI 로봇은 보스턴다이내믹스에서 특수 제작한 '카메라맨Ⅲ'라는 로봇입니다."

그럼에도 불구하고, 당시 꽤 많은 사람들이 WCDC가 제작한 247의 마지막 모습을 시청하지 않았다. 그들은 바이러스나 세균이 공기를 뚫고 훨훨 날아다닐 거라는 이상한 미신에 사로잡혀 있었고, 변종 니파바이러스가 화면을 통해 옮겨지지 않는다는 말을 믿지 않았다.

어쨌거나, 이 장면에서 카메라가 가까이 다가감에 따라 247은 천천히 고개를 든다. 그의 눈은 움푹 꺼져 있고 번들번들 빛난다. 어떻게 보면 원망하는 듯하지만 또 어떻게 보면 그저 모든 걸 받아들이는 듯한 오묘한 미소를 띤 채, 247은 고요히 화면을 응시한다.

장면3.
잠시 후 밖에서 차임벨 소리 같은 게 들린다. 김홍섭, 아니 247이

느릿느릿 뒤를 돌아본다.

이 방에 대하여 설명하자면, 전문용어로 BSL-4(생물안전도 레벨4)에 해당하는 공간인데, 이것은 인간과 동물에게 치명적으로 위험한 병원균이나 바이러스를 다루는 특수연구소에만 설치되어 있다. 여기선 그게 무엇이든 밖으로 나가는 게 불가능하다. 하다못해 그것이 먼지보다 더 작은 입자라고 해도, 절대 외부로 유출될 수 없는 것이다.

그런 공간에 갇혀 있는 247에게, 지구에서의 마지막 식사가 도착한다. 문 중간 작은 칸막이 같은 것이 위로 올라가더니, 음압 공간 내부로 공기가 빨려들 듯 들어오며 동시에 식사가 담긴 하얀 쟁반이 스르륵 밀려 들어왔다. 247은 숟가락에 손도 대지 않은 채, 그걸 오래도록 바라보기만 한다. 자막으로 음식에 대한 설명이 이어진다.

쌀밥, 김치찌개, 김구이, 계란말이, 물 한 컵.

또 이어지는 설명에 의하면, 그 식단은 247이 스스로 원했던 거라고 한다.

"마지막으로 뭘 먹고 싶은가요?"

벽면에 부착된 모니터에 이런 질문이 떴을 때 247은 키보드를 한 자씩 정성껏 눌렀다. 쌀밥, 김치찌개, 김구이, 계란말이. 그런데 여기까지 입력하다 말고, 하얀 방에 앉아 있던 김홍섭이 움찔했다. 그는 애절한 눈초리로 화면을 올려다보더니 결심한 듯 이렇게 물었다는 것이다.

"그런데, 혹시 스팸은 안 되겠습니까?"

곧이어 모니터에 단호한 대답이 떴다.

"미안하지만 그건 안 됩니다. 아니, 불가능하다고 하는 게 정확하겠지요. 알다시피 당신 같은 이들로 인해, 아, 미안합니다. 감염병자를 차별하지 말아야 한다는 질병과 평등에 관한 법률 제1항을 어기고 말았군요. 다시 한번 말하겠습니다. 변종 니파바이러스의 창궐로 인해, 돼지고기는 이제 세상에 없습니다. 식용 돼지를 사육하지 않으니 당연한 결과지요. 그런 이유로 스팸 또한 먹을 수 없게 되었고요. 아, 그러고 보니 비건을 위한 콩단백 스팸이 있긴 한데, 그거라도 괜찮다면 제공할 수 있겠네요. 덧붙이자면 콩단백 스팸은 과거에 돼지고기로 만들었던 스팸과 완벽하게 똑같은 맛과 질감을 재현해냈습니다. 50인의 미식 평가자들이 블라인드 테스트한 결과, 아무도 원래의 스팸과 콩단백 스팸을 구분하지 못했다는, 20XX년 12월 5일자 자료가 있습니다."

그러자 김홍섭이 고개를 저었다.

"콩단백으로 만든 스팸이라…… 우습군요. 그러니까 당신들 얘기는, 비건이라는 사람들이 그걸 먹는다는 거군요. 그런데 궁금한 게 하나 있어요. 대체 콩단백으로 만든 스팸과 진짜 스팸 사이엔 어떤 차이가 있는 거죠? 고기를 먹는 것과 고기맛이 나는 걸 먹는 것. 그 둘 사이에 뭐 다른 게 있냐, 이 말입니다."

모니터에 아무 대답도 뜨지 않자 김홍섭이 피식 웃는다.

"압니다, 알아요. 스팸은커녕 삼겹살이나 목살, 베이컨이나 햄도 이젠 없다는 것을 말입니다. 단지 난…… 그 단어를 한 번 더 써보고 싶었을 뿐이에요. 됐습니다. 그냥 좀 전에 내가 말한 메뉴로만 식사를 구성해주십시오. 그거면 충분하니까요."

이런 사연을 거쳐, 247의 마지막 식사가 만들어졌다.

그는 자기 앞으로 쟁반을 끌어당겨 먼저 숟가락을 들고 찌개를 한 숟갈 떠서 입에 넣는다. 그런 다음 김이 모락모락 나는 쌀밥을 먹고, 계란말이를 우물우물 씹는다. 그 모든 광경이 너무나 평온하기에, 암만 봐도 24시간 후면 영원히 지구 밖으로 추방될 사람처럼 보이진 않는다.

밥을 다 먹고 나서, 247은 이를 닦는다. 구석구석 깨끗이 닦고 치실과 치간칫솔질까지 마저 끝낸 뒤 침대 옆에 놓인 벨을 누른다. 그러자 바닥이 아래로 쑥 꺼지며 동시에 그의 식사가 담겨 있던 쟁반이 그 구멍으로 빨려 들어간다. 그건 땅 밑 어딘가로 뚫린 통로를 지나 곧장 소각장으로 운반될 것이다.

장면4.

247이 둥근 통로를 걷고 있다. 그의 정면이 보이는 게 아니라, 뒷모습만이 찍혀 있다. 보스턴다이내믹스에서 만든 촬영용 로봇들은 분명 그의 뒤를 따라가며 찍고 있으리라. 아래로 흐르는 자막에 의하면, 247은 지금 우주선을 향해 가는 중이다. 그의 이동을 위해 멸균 음압 통로가 만들어졌고 247은 귀에 꽂고 있는 이어폰으로 이런저런 지시를 받으며 걷고 있다. 통로의 앞과 뒤, 양옆 모든 것이 하얀색이라서, 그는 마치 천국으로 난 계단을 오르는 듯 보인다.

(스킵)

장면7.

드디어 247을 태운 우주선이 하늘로 발사된다.

핑음. 긴 불꽃.

문득 불안에 떠는 구경꾼들.

그들은 분명 오래전 있었던 우주왕복선들의 추락 사고를 떠올리고 있으리라. 그러나 우주왕복선의 추락을 보며 느낀 것이 죽은 우주인들에게 대한 애도였다면, 이번에 247을 실은 우주선이 공중분해될 경우 느끼는 것은 전혀 다른 감정일 것이다. 만약 정말로 그런 일이 일어난다면(247을 태운 우주선이 지구 대기를 벗어나기 전에 폭발하기라도 한다면) 모두 치를 떨며 이렇게 외칠 게 틀림없다. "악마 같은 놈! 끝까지 엿을 먹이는군. 대체 왜 조용히 지구를 떠나지 못하는 걸까? 도대체 왜?"

만약 247을 실은 우주선이 공중에서 폭발한다면(그 옛날, 아마도 2003년이던가, 우주왕복선 컬럼비아호가 텍사스 상공에서 산산이 부서졌던 것처럼 말이다), 그의 몸에 가득했던 바이러스들도 모두 사라질 게 확실했다. 변종 니파바이러스가 아무리 온도 변화에 강하고 생존력이 뛰어나다고 해도, 섭씨 수천만 도에 달하는 뜨거운 화염 속에선 살아남지 못할 테니까.

그러나 사람들은 믿을 수 없다고 생각한다. 바이러스라는 종족은 운석 조각에 붙은 채 영하 270도의 차가운 우주를 유영하면서도 끝

끝내 생존한 끈질긴 놈들이다. 아니, 사실 바이러스가 생물인지 무생물인지조차 알 수 없다고 하지 않던가. 구형이나 긴 끈 혹은 다면체 모양으로 생긴 그 기괴한 무언가는, 어떤 환경이든 거뜬히 이겨내며 숨죽인 채 기회를 노린다. 인간의 몸에 침투해서 세포를 뚫고 들어가 유전자를 탈취한 다음 자기 자신을 무한히 복제할 기회를 말이다. 그러니 247을 실은 우주선이 공중에서 폭발한다 해도, 그래서 247은 죽고 그 시체까지 흔적 없이 사라진다 해도, 결국 바이러스만은 살아남아 바람을 타고 이리저리 흩뿌려질 것이다. 이런 말도 안 되는 믿음에 사로잡혀 사람들은 두려움에 떨었다. 그들은 두 손을 모으고 제발 우주선이 중간에 망가지지 않기를 기도한다. 신이여, 인류를 구원하소서.

다행히 247을 실은 우주선은 무사히 지구를 벗어난다.

완벽하고도 영원한 격리가 이루어진 것이다.

그제야 모두가 환호한다.

"이제 변종 니파바이러스는 지구상에서 완전히 사라졌음을 선언합니다."

WCDC가 선포하자, 펑, 펑, 소리와 함께 화려하고 아름다운 폭죽이 터지는 하늘.

인류는 그 어느 때보다도 행복하고 미래는 밝기만 하다.

2장. 전설

강당은 이상한 열기로 들끓고 있다. 엄청나게 많은 사람이 빽빽이 모여 앉아 천장과 바닥 사이 어딘가를 바라보며 뭔가를 기다리는 중이다. 그들의 눈엔 알 수 없는 광기가 흐르고 손은 부들부들 떨리는데, 마치 구걸이라도 하듯 다들 앞으로 내밀고 있다.

얼마 뒤 강당 앞쪽 구석의 문이 열리며 누군가가 들어온다. 하얀 튜닉을 입은 그 사람은 들어오면서 동시에 손을 하늘로 뻗고 외친다.

"사랑하라!"

강당 앞쪽 벽면에 걸린 커다란 스크린에 한 남자의 얼굴이 떠오른다. 활짝 웃고 있는 그의 얼굴. 아니, 울고 있는 건가? 보는 이마다 헷갈리는 그 얼굴의 주인공은 바로 247이다.

튜닉을 입은 사람이 웅얼대며 기도문 같은 걸 왼다. 귀기울여보면, 어디서 많이 들어본 말이라는 걸 알 수 있다. 247이 죽기 전 보냈다는 모스 신호. 사랑합니다. 서로 사랑하고 아끼세요. 오직 사랑만이 인류를 구원할 겁니다. 급기야 누군가가 울음을 터뜨린다. 감동에 겨워 몸을 떨며 서로 껴안는 그들. 곧이어 파이프오르간이 비장

하면서도 웅장한 음악을 연주하고, 사람들은 거기에 맞춰 노래를 부른다. 다 같이 어깨동무를 한 채.

247은 죽은 뒤 기묘한 신앙의 대상이 됐다. 그럴 수밖에 없는 것이, 인간에겐 원래 기괴함에 이끌리는 본성 같은 게 있는 법이다. 뭔가 반인반수 같은 것. 마블이나 DC의 히어로들이 왜 그리도 인기가 많았는지를 생각해보면 답이 나온다. 겉은 인간이지만 속은 인간이 아닌 존재. 혹은 인간이되 인간을 뛰어넘은 존재. 그런 의미에서 식용 돼지 전체와 일부 인간을 절멸시킨 변종 니파바이러스를 몸에 잔뜩 품고도 끝까지 살아남은 247은, 그 자체만으로도 이미 신이 갖춰야 할 모든 비범함을 다 가진 셈이었다. 게다가 WCDC가 그의 신격화에 일조한 면도 없지 않았다. 그들은 그를 격리하며 온갖 미사여구를 동원했다. 가장 인도주의적인 선택. 아무나 내릴 수 없는 고귀한 결단. 위대한 희생. 그런데 왜 247은 영원한 격리를 받아들였을까? WCDC가 공개한 문서에 의하면, 247은 추방에 스스로 동의했다. 그는 영원히 우주에 홀로 격리된다는 내용이 담긴 문서 맨 아래칸에 이름 세 자를 또렷하게 적어넣었다. 온통 하얀색으로 칠해진 작은 방에서 문서를 한 장씩 넘기며 찬찬히 검토하는 247을, WCDC는 처음부터 끝까지 모두 촬영하여 증거 화면으로 남겨뒀다. "여기엔 어떤 강요나 협박도 없었으니까요. 그게 중요하지요. 안 그렇습니까?" 나중에 WCDC의 대변인은 촬영본을 인권단체에게 넘기며 말했다. 인권단체 사람들은 비디오 화면을 한 컷씩 분석했지만, 그 어디에서도 247이 강제로 격리됐다는 낌새는 찾을 수 없었다.

잠깐, 그런데 생각해보면 좀 이상하지 않은가. 우리 주위에서 247을 실제로 본 사람이 있기나 한가? 화면 속 체념한 얼굴의 247이 아니라, 걷고 숨 쉬고 말하고 웃거나 우는 247을 본 사람은 어디 있는지? 과연 그는 정말로 존재했을까? 그에게도 가족은 있었나? 그는 알려진 대로 악마였을까?

늦었을지 모르지만, 이제라도 247의 모든 것을 추적해보면 어떨까?

3장. 악몽

변종 니파바이러스 감염 돼지 매립지 인근, 불안 확산

오늘 W시 인근 23개 농가에서 변종 니파바이러스가 확인되면서 돼지 3만 마리가 추가로 매몰 처리됐다. 그러나 일부 지역에서는 매몰 처리가 허술하게 진행되어 침출수가 도로로 흘러넘쳐 2차 오염이 우려되고 있다. 실제로, 기자가 방문한 W시 M면 산 35번지 일대의 실상은 심각했다. 이곳 야산 일대에선 덮인 흙을 뚫고 오염된 피와 삼출물이 쉴 새 없이 흘러나오고 있었으며, 일부는 아래로 흘러내려 썩은 피의 웅덩이를 이루고 있었다. 매립지 주변은 코를 찌르는 악취로 가득했는데, 마스크를 쓴 상태에서도 숨을 들이마시기 힘들 정도였다. 피는 매립지 아래를 지나가는 도로로 흘러내렸고, 바퀴 자국을 따라 수십 미터 떨어진 곳까지 검붉은 흔적이 남아 있었다. 마침 주변을 지나던 트럭 운전자 김 모 씨와 인터뷰를 하였는데, 그는 연신 기분 나쁘다는 듯 손을 바지에 문지르며 말했다.

"정말 끔찍한 경험이었습니다. 처음엔 그저 길가에 고인 더러운 물 웅덩이려니 생각했지요. 그런데 차바퀴가 그 위를 지나갈 때 뭔가 거무

튀튀하고 끈적한 물방울이 열린 창문을 통해 얼굴로 확 튀어오르지 뭡니까. 손등으로 쓱 문질러 닦으려는 순간 엄청난 악취가 코를 찌르더군요. 이런 제길. 손으로 만져보니, 그건 흙탕물이 아니었어요. 썩어가는 돼지 피였던 거죠!"

벌써 이 일대에선 며칠째 이런 상태가 계속되고 있는데, 이는 매립 방식 자체가 잘못됐기 때문이라는 게 주민들의 의견이다. 이와 관련하여 시청에 민원을 제기했다는 한 마을 주민의 말을 들어보자.

"앞으로도 돼지 12만 마리를 더 묻어야 합니다. 그런데 이런 식으로 일이 진행된다면 이곳 땅속은 피바다가 될 거라고요. 썩어가는 끔찍한 피바다 말이에요. 그래서 우린 당국에 요구할 예정이에요. 지금까진 돼지들을 산 채로 매장했지만, 이제부턴 먼저 죽인 다음 묻도록 예산을 지원해달라고요. 그놈들을 묻으려고 구덩이를 판 다음 안에 비닐을 두 겹세 겹 까는데, 돼지들이 살겠다고 발버둥을 치는 바람에 비닐은 다 찢기고 말거든요. 그러고 나서 흙을 덮으니, 그 찢어진 틈으로 피와 썩은 고름이 다 흘러나온다 이겁니다. 여기 가까운 시냇가 어디라도 가봐요. 저번엔 물이 아예 핏물이었다니까요! 하여간 이번에도 우리 요구를 들어주지 않으면, 트랙터라도 몰고 시청 앞 광장에 갈 예정입니다. 다 같이 시청으로 쳐들어가면, 자기네도 무슨 대책을 내놓겠지요!"

이 기사에서도 알 수 있지만, 인간은 모든 걸 파묻어버리기로 유명한 족속이다. 그들은 자기네가 멀리하고 싶은 모든 것을 땅에 파묻었다. 그 자신의 시체는 물론이거니와 썩은 음식, 비닐, 일회용 컵과 종이, 죽은 동물, 방사성 폐기물까지 할 수 있는 건 다 파묻은 끝에 마침내는 살아 있는 동물까지 묻어버리기 시작했으니 말이다. 구제역이 돌면 발굽을 가진 동물을 모두 파묻었고 아프리카돼지열병이 돌면 돼지를 파묻었으며 조류독감이 돌 땐 닭과 오리를 파묻었다. 치료제가 없는 것도 아닌데 왜 그랬냐고 물으면, 그들은 아무 말도 하지 않았다. 다만 밤이면 밤마다 인간들은 악몽을 꿨다. 붉은 피가 지하수처럼 흐르는 땅속에서 찢어질 듯 날카로운 비명이 끝없이 들려오는 꿈.

247의 모든 것

4장. 멸종

변종 니파바이러스가 돌기 전엔, 지구 곳곳에서 사람들이 돼지를 키웠다. 돼지들은 둥글고 밋밋한 유선형의 몸을 가졌고 머리가 몸집에 비해 유별나게 컸으며 얼굴 한가운데 하늘을 향해 들린 납작한 콧구멍이 자리 잡고 있었다. 신생대 초기였던 팔레오세 때만 해도 돼지는 그저 하마를 닮은 야생동물에 불과했지만, 호모사피엔스가 출현한 얼마 뒤부터 가축으로 사육되며 고기와 지방의 공급원이 되었다. 적어도 아주 옛날에 돼지들은 이렇게까지 좁은 축사에 갇혀 지내지도 않았고, 지저분하긴 해도 몸을 뒤척일 만한 공간은 확보된 작은 우리에서 살았다. 그러나 어느 날부터인가 돼지들은 (서로를 물어뜯을까 봐 송곳니가 뽑히고 꼬리가 잘린 채) 자기 몸에 딱 맞는 사이즈의 좁은 축사에서 지내게 됐다. 그들은 똥과 오줌, 썩은 지푸라기 속에서서 축 처진 살가죽에 가려진 작은 눈으로 세상을 응시했다. 그러다가 어떤 트럭에 강제로 올라타 이동했고……. 아이러니하게도 인간은 돼지를 죽이는 특정한 프로세스에 '동물 복지'라는 이름을 붙였다. 동물 복지 도축. 그렇게 죽은 돼지들이 얼마나 평온한 얼굴로 눈을 감았을지는 아무도 알 수 없을 테지만 말이다.

어쨌거나, 247은 돼지와 자주 대화를 나눴다. 연구소가 있던 마을 주민들의 증언에 의하면, 그랬다. 대지를 휘감고 도는 악취. 그 악취의 근원인 거대한 양돈장 앞에서 그가 서성이는 걸 본 사람은 많았다. 그때 그의 얼굴엔 어두운 그림자가 서려 있었고 눈은 기묘하게 빛났다. 아쉽게도, 더러운 우리 너머로 코를 내민 돼지들에게 그가 무슨 말을 했는지 아는 이는 없었다.

—냄새가 너무 심해서 가까이 갈 수 없었으니까요.

그가 돼지들 앞에서 우두커니 서 있는 장면을 본 이들은 하나같이 이렇게 말했다.

물론 이젠 그런 광경들조차도 모두 빛바랜 흑백영화처럼 흐릿하게 떠오를 테지만. 양돈장은 사라졌고 폐허처럼 버려졌다. 어느 날 우주복같이 생긴 옷을 입은 자들이 떼 지어 나타나더니 우리를 활짝 열어젖혔다. 그들은 돼지를 밖으로 몰아갔고, 땅에 판 커다란 구덩이로 밀어넣었다. 구덩이 안엔 비닐이 겹겹이 깔려 있었는데, 그 안에서 돼지들은 서로를 밟고 올라서려 애쓰며 비명을 질렀다. 하지만 방호복을 입은 사람들은 아랑곳하지 않았고, 그 희고 통통한 몸통들 위로(대부분이 랜드레이스와 요크셔 품종의 어미 돼지와 듀록 품종의 수퇘지 사이에서 태어난 교잡종이었다) 고압의 이산화탄소를 분사했다. 이산화탄소를 쏘아댄 이유는 돼지들을 질식사시키기 위해서였는데, 그렇다고 해서 단번에 돼지들이 눈을 감는 건 아니었다. 질식하지 않은 돼지들, 산 채로 땅속에 파묻힌 돼지들은 숨이 끊어질 때까지 고통스러운 비명을 질렀고, 그 무시무시한 소리는 몇 날 며칠이고 계속되며 주민들을 불안에 떨게 했다.

당연한 얘기지만 247이 근무했던 연구소 역시 이제는 찾아볼 수 없다. 건물은 철거됐고 집기류는 깨끗이 소각되어 마치 처음부터 그 자리엔 아무것도 세워져 있지 않던 것처럼 보였다. 한동안은 그곳에 어른 키 높이 정도 되는 푯말이 세워지기도 했다. 거기엔 빨간색 경고 표시와 함께 다음과 같은 안내문이 적혀 있었다.

"접근 금지. 변종 니파바이러스 위험 지역."

하지만 누군가가 그것을 뽑아버렸고, 바닥에 뒹굴던 푯말은 비바람에 풍화되어 썩어갔다. 간혹 시든 꽃다발이 그 폐허 앞에 놓여 있기도 했다.

나중에 주민들은 247에 대해 이렇게 말하곤 했다.

—믿을 수가 없어요. 그는 좋은 사람이었거든요.

—친절했죠.

—문제가 생기면 언제나 곧바로 달려왔어요. 그러고는 조심스럽게 돼지들을 살펴봤다고요.

—물론 이상한 점이 아예 없었다고 할 순 없지만요. 그러니까 뭐라고 해야 하나……. 그래요, 어떨 땐 살짝 미친 것처럼 보였어요. (갑자기 목소리를 낮추며) 이런 말을 해도 될지 모르겠지만, 정말 기이한 광경을 본 적이 있어요. 어느 어스름한 저녁이었는데, 김씨가, 아니 김 연구원이, 아니지, 그냥 247이라고 해야겠죠? 하여간 그 사람이 갓 태어난 새끼 돼지의 목을 끌어안고 우는 것처럼 보였거든요. 아, 확

실한 건 아니에요. 어쩌면 단지 돼지를 진찰하고 있던 건지도 모르니까요. 그러니까 내 말은 이거예요. 그 사람, 247 말이에요. 좋은 사람이었던 건 분명하지만…… 정상은 아니었단 거죠.

　—어쩌면 그때 이미 결심하고 있던 게 아닐까요? 인간을 몰살시킬 계획 말이에요. 알잖아요? 격리 수용소로 끌려가고 난 뒤, 그의 집 창고에서 뭐가 발견됐는지.

　그러나 공식적으로는 247이 정말 그곳 연구소에서 근무했는지 확인할 길이 없다. 축산연구소 역시 247과 관련된 질문에 아무 대답도 하지 않았는데, 사실 그건 비난받을 일도 아니었다. 아무리 지구인 전체가 지켜보는 가운데 우주로 추방된 자라고 해도 비밀을 가질 권리는 있으니까.

5장. 최초의 조우

"학교에서 그 애를 모르는 사람은 없었어요."

247과 초등학교 때 같은 반이었다는 여자가 화면 속에서 말한다. 그녀는 무척 어렵고 긴 이야기를 시작할 때처럼 한숨을 내쉰다.

"왜냐하면, 그건 박쥐 때문이었어요."

여기서 여자는 잠시 말을 멈추고 사방을 둘러본다. 그러고는 목소리를 낮추며 되묻는다.

"소문이 사실이라면—그 증상이 박쥐와 모종의 관계가 있다는 그 소문 말이에요— 아마 모든 건 그때 시작됐을 거예요. 난 그렇게 믿어요."

그 일이 일어난 것은 247이 초등학교 4학년이던 어느 해 여름이었다. 긴 장마가 끝난 지 얼마 되지 않았을 때였고, 그래서 창을 통해 불어오는 바람은 뜨겁고 습했다.

"하늘엔 회색 구름이 높이 피어오르고 있었어요. 곧 소나기가 내릴 징조였죠. 수업은 지루했어요. 칠판엔 무의미한 수식이 가득했고 대부분의 애들은 졸고 있었으니까요. 나 역시 졸음을 겨우 참으며 공책에 필기를 했죠. 뭐, 그러다가 잠깐 졸았는지도 몰라요. 음, 그러고 보니 졸았던 게 확실해요. 그 소리에 깜짝 놀라 눈을 떴던 걸 보면."

쾅, 하는 소리는 모두의 잠을 깨우기에 충분했다. 뭔가 크고 검은 것이 열린 유리창을 통해 들어오더니 비틀대며 공간을 가로지르다가 칠판에 부딪혀 떨어졌다.

"처음엔 검은 괴물이 날아 들어왔나 싶었어요. 정말이에요, 그만큼 커 보였다고요. 아이들은 소리를 지르며 책상 밑으로 숨었어요. 몇몇 애들은 울기 시작했죠. 선생님도 어쩔 줄 몰라 했어요. 아니, 생각해보니 선생님이 가장 먼저 기절했던 것 같기도 하네요. 하긴, 홍섭이의, 아니 247의 행동이 워낙 특이했기에, 다른 건 모두 흐릿하게 기억나는 걸지도 모르지만 말이에요."

다들 우왕좌왕하는 와중에, 한 아이가 천천히 앞으로 걸어 나왔다. 순간 교실 전체가 조용해졌는데, 그 이유는 걸어 나온 아이가 너무나 뜻밖의 인물이었기 때문이다.

"원래 평소엔 말이라곤 없는 아이였어요. 왜 그런 애들 있잖아요. 존재감이라곤 전혀 없는, 마치 공기 같은 애들. 홍섭이가 바로 그런 애였죠. 딴 때 얼마나 쥐죽은 듯 조용히 지냈는지, 그날 개가 칠판 앞으로 걸어 나왔을 때 이렇게 말하는 애들도 있었다니까요. '누구야, 쟤는?'"

모두가 숨을 죽이고 바라보는 가운데, 아이는 한 발씩 그 크고 검은 추락체로 다가갔다. 그러고는 그 앞에 쭈그리고 앉더니 두 손으로 그걸 조심스레 들어올렸다. 한참 만에 아이가 뒤를 돌아보며 나지막하게 중얼댔다.

　—이건 박쥐야. 커다란 박쥐.

　"글쎄 그러더니 홍섭이가 무슨 짓을 했는지 알아요? 걔는 박쥐의 양손을, 아니 양발이라고 해야 하나요? 여하간, 그 검은 날개를 붙들고 쫙 펴서는 우리 앞에 확 내밀었어요. 무슨 일이 일어났냐고요? 당연히 다들 비명을 질렀죠. 나도 비명을 질렀지만, 곧 입을 다물었어요. 왜냐하면 박쥐는 정말이지 처음 보는 거였으니까요. 그래요, 그건 정말 박쥐였어요. 엄청나게 크고 검은 박쥐. 홍섭이의 품에서 죽은 듯 눈을 꼭 감고 있던 박쥐. 아, 그러고 보니 우리 학교가 있던 장소에 대해 말해주지 않았군요. 나와 247이 다니던 초등학교는, 국립공원으로 지정된 커다란 산 아래 있었어요. 그래서 평소에도 길 잃은 새나 박쥐, 이런 것들이 종종 날아 들어왔지요. 그렇게 들어왔던 박쥐들은, 산속 어딘가 작은 동굴에 숨어 사는 동굴박쥐들이었어요. 날개를 접으면 주먹만큼 작고 눈은 거의 퇴화해서 없는 거나 마찬가지인 동물들. 그런 작은 박쥐가 날아오면, 우린 그걸 잡아서 갖고 놀다가 돌려보내곤 했어요. 부드러운 털로 덮인 몸을 만져보기도 했고요. 하지만 그날 나타난 박쥐는 달랐어요. 그건 뭐랄까…… 너무 까맣게 윤기가 흘렀고 너무 큰 데다, 어딘지 모르게 더러워 보였으니까요. 생각해보면 그때 이미 박쥐의 몸 안에 그것이 자라고 있지 않았을까요? 그…… 무슨 니파바이러스인가 하는 그거 말이에요. 어쨌든 그때 247이 박쥐를 안고 있던 모습은, 뭐랄까…… 제사장처럼 엄숙해 보였어요. 얼굴은 긴장으로 파르르 떨렸고 눈에선 이상야릇

한 광채가 번뜩였거든요."

여자는 의자에 앉은 채로 247이 안고 있는 박쥐를 자세히 관찰했다. 몸통은 짧고 빳빳한 털로 가득 덮여 있었고 사악하게 굽은 발톱이 날개 위쪽으로 솟아 있었다. 고집스러우리만치 꼭 감은 눈 때문에 박쥐는 깊은 잠에 빠져 꿈을 꾸는 듯 보이기도 했다.

—갖다 버려!

어디선가 들려온 외침에, 꿈인 듯 생시인 듯 박쥐를 바라보던 여자는 깜짝 놀랐다. 어느 틈에 정신을 차린 교사가 두 팔을 휘저으며 소리치고 있었다.

—밖으로 얼른 가지고 나가라고! 그 흉측한 걸 운동장에 갖다버리라니까, 어서!

머뭇대던 247은 마침내 박쥐를 안고 느릿느릿 걸어 나갔다.

"지금 같으면 상상할 수도 없는 일이죠. 어린 학생에게 그런 일을 시켰다니 말이에요. 박쥐잖아요, 박쥐. 몸속에 온갖 바이러스가 들끓는 끔찍한 동물. 하지만 그땐 아무도 그런 데 신경 쓰지 않았어요. 자연 숙주, 변종 바이러스. 이런 걸 누가 알았겠어요? 코로나 팬데믹이 시작되기도 훨씬 전인데. 선생님이 그렇게 난리를 쳤던 이유도, 단지 그게 너무 기괴하게 생겼기 때문이었어요. 검고 반들반들하게 윤이 나던 그 커다란 날개라니. 247이 그놈의 양 날개를 잡고 쫙 펼쳤을 때의 모습을 당신도 봤어야 하는 건데! 아아, 그건 정말 끔찍한 광경이었죠."

박쥐를 갖고 나갔던 소년은 한참 후에야 돌아왔다. 교사는 아이들에게 자습을 시키고는 혼자 교탁에 앉아 차를 마시고 있었다. 그는 247이 교실 뒷문을 열고 슬그머니 들어오는 걸 보았다. 아이의 빈손을 확인한 뒤에야 약간은 여유로워진 목소리로 물었다.

—박쥐는? 어떻게 했니?

소년이 워낙 작은 소리로 대답한 탓에 교사는 그가 뭐라고 했는지 알아듣지 못했다. 하지만 굳이 다시 물어볼 마음은 없는 듯했다. 그는 소년에게 건성으로 말했다.

—그래, 수고했다. 가서 자리에 앉으렴.

"박쥐를 발견한 건, 그로부터 일주일쯤 지났을 때예요. 파리들 덕분이었죠. 검정파리. 칼리포라 보미토리아(Calliphora vomitoria). 검은색 혹은 녹색의 광택 나는 몸을 가진 기분 나쁜 곤충들. 뭔가 죽어서 썩기 시작하면 가장 먼저 날아오는 게 바로 이놈들이잖아요. 파리들은 어디선가 귀신같이 냄새를 맡고 떼 지어 날아와 알을 낳아대죠. 시체의 거죽을 뚫고 그 안에 수천수만 개의 알을 뿌리는 거예요. 그날 내가 본 것도 그런 알들이었어요. 그리고 거기서 기어 나온 유충들, 구더기들. 그 주에 난 당번이었고, 그래서 수업 시간에 쓸 인체 표본을 가지러 과학실에 가야만 했어요. 알죠? 과학실의 그 음산한 분위기. 잘 모른다고요? 하긴, 요즘엔 좀 다를지도 모르겠네요. 하지만 내가 초등학교 다닐 땐 그랬어요. 과학실엔 별의별 이상하고 기괴한 것들이 다 모여 있었다고요. 가짜 해골, 포르말린에 푹 절은 채 병에 담긴 개구리들, 시뻘건 근육과 내장이 다 드러난 플라스틱 인체 표본들. 그날 오후의 과학실도 마찬가지였어요. 어둡고 조용하고 음침한 데다 먼지로 가득 뒤덮여 있었죠. 조심스럽게 문을 열자 확 풍겨오던 그 냄새. 아아, 아직도 생생히 기억나네요. 가뜩이나 공포에 떨고 있던 나는, 코를 움켜쥐며 뒷걸음질 쳤어요. 악취가 어디서 나는 건지는 결코 알고 싶지 않았으니까요. 하지만 결국엔 호기심이 이기고 말았어요. 어둠에 익숙해진 눈으로 사방을 둘러보니, 냄새가 어디서 나는 건지 대충 알겠더군요. 과학실 한쪽 구석에 파리 떼가 들끓고 있었으니까요. 그런데 혹시 수천 마리의 파리가 한곳에 모여 날갯짓하는 소릴 들어본 적 있어요? 위잉, 위잉, 위잉. 그 소리가 어찌나 큰지 고막이 뜯겨나갈 것 같아서 난 귀를 막았어요. 그런 채로 천천히 다가갔죠. 비커나 플라스크 같은 걸 담아두는 장 앞으로 말이에요. 냄새도, 소리도, 파리 떼도, 모두 거기서 비롯되고 있었거든요. 떨리는 손으로 장을 열면서, 동시에 뒤로 서너 발짝 물러나야만 했어요. 물론 겁쟁이처럼 소리를 치거나 하진 않았어요, 그저 주먹으로 입을 막고 있었을 뿐이지요. 닫혀 있던 문을 열자, 그 틈으로 뭔가 꿀렁대는 회색 덩어리 같은 게 뭉클뭉클 쏟아져 나왔어요. 처음엔 그게 하나의 커다란 뭉텅이인 줄 알았는데, 잘 보니 아니었어요. 그건 수만 마리 구더기가 한데 모인 덩어리였죠. 그리고 뿜어 나오는 악취, 열기. 구더기들 뒤로 보이는 건 사지를 쫙 편 채 매달려 있는 박쥐였어요. 배는 열려서 가죽이 너덜너덜 늘어져 있고, 그 사이로 검게 썩어 문드러진 내장들이 보이더군요. 갑자기 째지는 듯한 비명이 들렸는데, 알고 보니 그건 내가 지르는 소리였어요. 곧 사람들이 달려오고…… 난 과학실 밖으로 뛰어나오며 외쳤어요. 저기 박쥐가 죽어 있어요! 박쥐가 죽어 있다고요! 나중에 선생님은 247을 교무실로 불렀어요. 그러고는 왜 박쥐를 거기에 매달아 놓았는지 물었죠. 하지만 247은 끝까지 아무 말도 하지 않았어요. 지나가면서, 교무실의 열린 문틈으로 얼핏 봤는데, 뉘우치는 표정조차 짓지 않고 있더군요. 그러고 보면 그때부터, 그 어린 시절부터, 그의 내면에선 독이 자라고 있던 거 아닐까요? 잔인함, 악마다움, 뭐 그런 것들요. 뭐라고요? 정말로 247이 아닌 다른 누군가가 그런 짓을 했을 가능성은 없냐고요? 아뇨, 그건 김홍섭의 짓이 확실해요. 박쥐를 버리러 나갔다 온 것도 그 애잖아요. 갖고 나가서 몰래 과학실에 숨겨둔 뒤, 아무도 없을 때 배를 갈랐을 거예요. 과학실에 매달린 박쥐의 배가 찢어져 있던 건, 구더기들이 파먹어서 그런 게 아니라 247이 일부러 그렇게 만든 게 확실하다니까요."

은퇴한 지 오래된 교사는 얼굴을 드러내길 원치 않는다. 그가 등장하는 화면은 그래서 뿌옇게 처리되어 있고, 그런 이유로 내밀한 표정의 변화 따윈 알아볼 수 없다. 단지 볼 수 있는 건 부산하게 움직이는 두 손뿐.

"지금 생각해봐도 그 애는 남달랐어. 음울했다고나 할까. 박쥐를 그렇게 할 마음을 먹었던 것만 봐도 알 수 있는 일이긴 하지만."

그는 음성마저 변조해주길 원했기에 목소리 톤은 기계적이고 감정이라곤 전혀 실려 있지 않다.

"사건이 터진 건, 박쥐가 교실로 날아 들어온 뒤로 일주일쯤 지났을 때야. 애들이 소리를 지르며 난리를 치기에 과학실로 달려가니 그런 끔찍한 광경이 펼쳐져 있더라고."

가장 먼저 눈에 띈 것은 교실 뒤편 벽에 붙박이로 설치된 과학도 구함이었다. 평소와 달리 도구함의 문이 반쯤 열려 있는데, 그 틈으로 회색 덩어리 같은 게 흘러내리고 있었다. 뭉클뭉클.

"뭔가 보려고 다가가는데 지독한 악취가 나더라고. 정말 끔찍한 냄새였어. 구토를 참으며 가보니, 그 뭉클대는 덩어리는 구더기 무리였어. 안엔 죽은 박쥐가 매달려 있는데, 썩은 시체에선 진물이 뚝뚝 떨어지더군."

—누구야? 누가 여기에 이런 걸 숨겨놨어?

교사는 몇 발짝 뒤로 물러서며 외쳤다.

"그러니까 자초지종은 이런 거였어. 247 말이야, 그 악마 같은 녀석이 교실에 들어온 박쥐를 산으로 돌려보내는 대신 몰래 과학실에 숨겨둔 거야. 난들 아나? 죽여서 매달아뒀는지, 아니면 산 채로 매단 건지. 홍섭이, 아니 247 말로는 박쥐를 날려 보냈지만, 날개를 다쳤는지 그대로 바닥에 풀썩 떨어지더라는 거야. 그래서 과학실에 숨겨두고 치료해줄 생각이었다는데, 솔직히 당신이라면 그 말을 믿을 수 있겠어? 어쨌든 학생 하나가 과학실에 뭘 가지러 갔다가 죽은 박쥐를 발견했는데, 만약 그러지 못했다면 도대체 얼마나 끔찍한 일이 벌어졌을까? 우린 아무것도 모른 채로 놈의 시체가 썩어 없어질 때까지 그냥 지냈을 테고, 거기서 쏟아져나온 바이러스에 모두 감염되고 말았을 거라고! 다행히, 그 기분 나쁜 박쥐는 경비원이 처리했어. 그는 긴 집게와 커다란 검은 봉투를 들고 와서 박쥐를 꺼냈고 학교 뒤 소각장에 가져가 태워버렸지. 247은 어땠냐고? 그 녀석은 그야말로 미쳐 날뛰었어. 울부짖으며 박쥐를 돌려달라고 했지. 어휴, 말도 말라니까. 교무실에서 날뛸 때 247의 표정이 어땠는지, 당신도 봤어야 하는 건데. 그야말로 미친 사람 같았거든. 247은 박쥐가 아직 살아 있다고 소리쳤어. 다시 살아날 거라고 외쳤던 것도 같아. 하지만 나도 어쩔 수 없었다고. 바이러스고 자연 숙주고 뭐 그런 걸 다 떠나서, 박쥐는 그 자체로 기분 나쁘고 끔찍하게 생긴 동물이었으니까."

교사가 문득 말을 멈추더니 생각에 잠긴 듯 먼 하늘을 올려다본다.

"그래서 하는 말인데, 최초로 시작된 건 바로 그때가 아닐까? 홍섭이가, 아니 247이 박쥐에게 먹이를 주며 지냈던 그 며칠. 그때 그놈의 몸에서 기묘한 변이가 시작됐을 거라는 게 내 추측이야. 그런 걸 뭐라고 한다더라……. 아, 생각났어. 종간(種間) 이동. 그래, 원래는 박쥐에게만 있어야 할 바이러스가 247에게 옮겨갔고, 그의 몸안에 숨어서 수십 년 동안 괴물로 진화한 거라고. 그게 나중에 또돼지로부터 종간 이동한 바이러스와 만났을 테고, 결국 그 무시무시한 변종 니파바이러스가 탄생한 거지. 어떤가? 내 생각이 틀렸소?"

WCDC라고 이런 사실을 몰랐던 것은 아니다. 변종 니파바이러스의 대유행이 끝난 후, 그들은 엄청나게 많은 보고서를 작성했고

247과 관련이 있는 사람은 모두 면담했다. 이 기록들은 WCDC 본부 건물 지하 7층 자료실에 보관됐는데, 지금도 거기엔 다음과 같은 빛바랜 타이틀이 붙은 수백 장의 CD가 가지런히 꽂혀 있다.

〈질병 연대기: 247의 모든 것-1〉

〈질병 연대기: 247의 모든 것-2〉

……〈질병 연대기: 247의 모든 것-365〉.

이 자료에 담긴 내용을 참고하면, 어린 247이 주워서 과학실에 숨겨뒀던 박쥐는 인근 산기슭에 혼자 살던 노인이 키우던 애완 박쥐였다. 믿기지 않겠지만 오래전엔 박쥐를 사고파는 일이 자유로웠고 사람들은 박쥐만이 아니라 뱀, 미어캣, 이구아나 등 온갖 동물을 집에서 키웠다. 노인도 그런 이들 중 하나였는데, 어느 봄날 인터넷 게시판을 훑다가 망한 동물원에서 황금볏과일박쥐를 키워줄 사람을 찾는다는 광고를 보게 되었다. 그는 뭔가에 홀린 듯 담당자에게 전화를 했고, 은행에서 돈을 찾아 집 뒤 산비탈에 커다란 새장을 지었다. 일주일쯤 후, 한 시간 정도 떨어진 시골 동물원으로 트럭을 몰고 간 노인이 짐칸에 거대한 검은 상자 하나를 싣고 돌아왔다. 산 밑에 주차를 한 다음, 노인은 콧노래를 부르며 상자를 내렸다. 상자 안에선 연신 삐이, 삐이 하는 기묘한 울음소리가 들려오고 있었다.

그는 미리 준비해둔 카트에 상자를 싣고 비탈길을 올랐다. 마침내 새 우리 앞에 상자를 내려놓고는, 한동안은 꼼짝도 하지 않고 앉아 있었다. 마루에 걸터앉아 대접에 따른 찬물을 벌컥벌컥 마신 후에야 그는 힘겹게 일어서서 상자를 집 뒤로 가지고 갈 수 있었다. 노인은 자기 키보다도 훨씬 큰 새장으로 들어가 문을 닫은 다음, 상자를 열고 그 안에 죽은 듯 누워 있던 박쥐를 꺼냈다. 긴 여행에 지쳤는지 황금볏과일박쥐는 곤히 잠들어 있었다. 그는 새장 바닥에 깔아둔 짚더미 위에 박쥐를 눕히고 그 옆 플라스틱 그릇을 잘게 썬 사과와 참외로 가득 채웠다. 드라큘라처럼 생긴 외모와 달리 황금볏과일박쥐는 오직 과일만 먹는다는 것을, 노인은 인터넷으로 검색해두어 잘 알고 있었다.

별다른 일이 일어나지 않았다면, 과일박쥐는 새장을 탈출하지 않았을 거다. 그 안에서 거꾸로 매달린 채 평온한 하루하루를 보냈을 테니까. 노인은 박쥐를 사랑했고 하루에도 서너 번씩 새장에 들어가 뭐라고 중얼대며 박쥐와 이야기를 나눴다. 그러나 운명의 수레바퀴는 정해진 대로 굴러갔다. 그해 여름 장마가 시작된 얼마 후, 과일 접시를 들고 새장 문을 열던 노인이 왼쪽 가슴을 움켜쥔 채 쓰러졌기 때문이다. 황금볏과일박쥐는 아무것도 모르고 잠에 빠져 있었는데, 어스름한 저녁이 되어서야 뭔가 일이 생겼음을 알았다. 박쥐는 쓰러진 노인 곁에 있던 과일을 먹고 이틀쯤 더 우리 안에 머물렀다. 노인을 깨우려고 뾰족한 주둥이로 툭툭 쳐봤지만, 그는 미동도 없었다. 결국 물이 다 떨어지고, 목이 마른 박쥐는 열린 문을 통해 살그머니 빠져나왔다. 그러고는 아무 생각 없이 하늘로 날아올랐는데, 사실 박쥐로선 처음으로 새장 밖으로 나가는 순간이기도 했다. 검고 거대한 박쥐는 낮게 구름 깔린 창공을 여러 번 선회한 끝에 마침내 247이 다니던 학교 운동장으로 날아들었다. 그는 유리창에 비친 자신의 모습을 다른 박쥐로 착각했고, 그쪽으로 돌진했다. 그게 모든 것의 시작이었다(라고 WCDC는 기록해두었다).

6장. 만남에 대한 또 다른 견해

어떤 사람들은 김홍섭, 아니 247이 과일박쥐와 처음으로 조우한 시점에 대해서 좀 다른 주장을 한다. 그들은 초등학생이던 김홍섭이 교실로 날아 들어온 박쥐를 과학실에 몰래 숨겨뒀던 일화에 의문을 표한다. "생각해보세요. 황금볏과일박쥐에 대해 뭘 좀 아는 사람들은 그런 에피소드를 절대 믿지 않을 겁니다. 이집트가 고향인 그 박쥐는 강원도의 추운 겨울을 견딜 수 없어요. 분명 동물원에 데려오자마자 폐사했을 거라고요. 그러므로 우리의 의견은 다음과 같습니다. 설령 247이 다니던 초등학교 교실에 박쥐가 날아들었던 일이 사실이라고 해도, 그 박쥐는 온갖 바이러스의 숙주로 알려진 과일박쥐가 아니라, 그저 우리나라에 본래부터 서식하던 토종박쥐였을 가능성이 높다는 거죠. 그리고 알다시피 한국의 토종박쥐는 바이러스의 온상이 아닙니다. 사실 247이 어린 시절을 보낸 W시의 자연환경을 보면, 학교로 들어온 박쥐가 토종박쥐였을 확률은 더 커집니다. 그 조그만 박쥐들은 낮 내내 산속 깊은 곳에 있는 동굴 천장에 매달려 잠을 자다가, 어스름한 저녁이 되면 슬슬 밖으로 나와서 곤충을 잡아먹으러 날아다니죠. W시를 둘러싸고 있는 산은 엄청나게 울창하고, 따라서 박쥐들이 살 만한 동굴도 구석구석 많을 거예요. 아마도 247의 교실에 들어왔던 박쥐는, 어떤 이유에선지 낮과 밤이 살짝 뒤바뀐 녀석이었을 겁니다. 그놈은 한창 곯아떨어져 있다가 배가 출출해서 눈을 떴겠지요. 그러고는 아무 생각 없이 동굴 밖으로 날아간 거예요. 뭐, 결과는 모두가 아는 그대로입니다. 놈의 퇴화한 눈으로 대낮의 강렬한 빛이 쏟아져 들어왔고, 정신이 혼미해진 박쥐는 이리저리 헤매다가 교실 유리창에 부딪히며 안으로 툭 떨어졌을 거예요. 그걸 247이 다시 날려주려고 밖으로 데려나갔고 말입니다. 장담컨대 247은 박쥐를 하늘로 휙 날려줬을 겁니다. 네, 맞습니다. 우린 247이 박쥐를 과학실에 숨겨뒀다는 일화 자체가 거짓이라고 확신합니다. 변종 니파바이러스의 인간 숙주였던 247을 최대한 혐오스럽게 묘사하기 위해 만든 정교한 장치였다고나 할까요. 음습하고 스산한 데다 어둡기까지 한 과학실. 그 안에서 풍기는 악취. 교실을 가득 채운 파리들. 내장까지 다 썩은 거대한 박쥐의 사체. 상상해보세요. 얼마나 끔찍합니까? 이 모든 일을 저지른 아이는 자라서 결국 바이러스를 세상에 퍼뜨린 악마가 되지요. 어떤가요? 한편의 기괴한 공포물을 보는 것 같지 않나요? 그래서 하는 말인데, 오히려 우린 한국에서 원하는 대학교에 가지 못한 247이 더운 나라인 P국(여기서 국가의 이름을 구체적으로 밝히지 못하는 것을 양해해주기 바랍니다. 아시잖습니까? 왜 그래야만 하는지)으로 유학을 갔을 때 과일박쥐를 만났다고 봅니다. 무엇보다도 여기엔, 그러니까 이 새로운 스토리엔, 그 어떤 혐오감이나 조작도 없어요. 왜냐하면 이건 247이 직접 남긴 몇 안 되는 기록을 바탕으로 구성된 거니까요. 자, 한번 읽어보십시오."

증언: 걔는 언제나 기가 죽어 있었어요. 뭐랄까 최대한 눈에 띄지 않으려 노력하는 사람이었다고 할까요. 그러고 보니 언젠가 재수종합학원 복도를 걸어가는 그를 본 적 있는데, 마치 발 없는 유령이 스르르 이동하는 것 같아서 깜짝 놀랐던 기억이 나요.

그런데 소문에는 그게 다 247의 아버지 때문이라는 말이 있었거든요. 자수성가한 아버지. 알겠죠, 어떤 사람일지? 사실, 혼자 힘으로 성공했다고 자부하는 아버지 밑에서 자라는 자식만큼 비극적인 존재가 또 있을까요? 그런 놈들은, 아니, 그러니까 그런 아버지들은, 매일 하루도 빼지 않고 자식의 일거수일투족을 비난하고 비아냥대잖아요. 스스로 만들어낸 환상적인 과거를 들먹이며, 자식의 현재를 끊임없이 깎아내리는 거죠. 247의 아버지도 마찬가지였어요. 음, 생각나는 예를 들자면 247은 밤에 공부하다가 배가 고프면 주방에 가서 라면을 끓여 먹었는데요, 그러려면 반드시 거실을 지나야 했던 거죠. 그런데 그 애 아버지는 항상 거실 한가운데 있는 가죽 소파에 앉아 신문을 읽었다, 이거예요. 혹시 이런 분위기 알아요? 티크 목재로 둘러싸인 중후하고 어두컴컴한 거실의 분위기 말이에요. 내부의 모든 사람을 짓누르는 듯한 갈색 어둠. 247의 아버지는 그 어둠 속에 앉아서 발소리를 죽인 채 지나가는 아들을 보며 쯧쯧쯧, 혀를 찼어요. 한심한 놈,이라고 중얼거리면서요.

결국 247은 등을 점점 더 많이 구부리게 됐고—왜냐하면 아버지의 눈에 띄지 않으려면 자기 몸의 부피를 줄이는 수밖에 없었을 테니까요—그 결과 WCDC에서 공개한 영상에 나오는 바로 그 모습이 된 거예요. 그가 우주선에 올라타기 전 마지막으로 찍은 영상 말이에요. 사람들은 인류에게 치명적인 바이러스를 퍼뜨린 일에 대한 죄책감으로 247이 그렇게 몸을 움츠렸다고 착각하는데, 그게 아니라는 거죠. 247은 본래부터 등을 거북처럼 구부리고 다니는 아이였어요. 게다가 그는 걷는 모습마저 기묘하기 그지없었죠. 지면 위를 살짝 떠서 걷는 듯 보였으니까요. 하긴, 최후의 순간, 그 많은 미스터리를 남기고 소리 소문도 없이, 마치 원래부터 존재하지 않았던 것처럼 스르륵 사라져버린 걸 보면, 정말 그랬던 건지도 몰라요. 땅 위에서 살짝 뜬 채 걷기. 존재하지 않는 듯 보이기. 그러다가 실제로 존재하지 않기. (여기서 화자는 살짝 눈을 찡긋한다.) 우리 다들 그런 생각 한 번쯤 해보았잖아요, 안 그래요? 어쩌면 247이 허깨비이거나 유령일지도 모른단 생각 말이에요.

하여간, 라면을 다 끓인 다음 그는 또 한 번 거실을 가로질러야 했어요. 냄비를 든 채로요. 그때도 그의 아버지는 소파에 앉아 있었고, 똑같이 혀를 찼지요. 쯧쯧쯧. 그러나 홍섭은, 아니 247은 못 들은 척 방문을 닫았고 혼자 쭈그리고 앉아 라면을 먹었어요. 그러고는 환기를 시키려고 창문을 열었던 거예요. 사실은 그 창문도 열기 쉬운 건 아니었어요. 기름칠이라곤 되어 있지 않아 열 때마다 끼익 끽 소리가 나는 창이었거든요. 그렇지만 247은 이미 그것을 소리 없이 여는 방법도 깨우친 상태였어요. 천천히, 거의 1초에 1센티미터씩 창을 밀다 보면 언젠가는 활짝 열 수 있었으니까요.

내게 보낸 편지에 의하면, 그 순간이―창을 열고 마당을 내다보던 바로 그 순간 말이에요―그에겐 가장 행복한 시간이었다고 해요. 마당을 가득 채운 노간주나무, 당단풍나무, 목련 나무 그리고 이름을 알 수 없는 활엽수들. 247은 그걸―그러니까 마당 전체를요―'자연'이라고 불렀는데, 창을 열고 '자연'을 내다보며 숨을 깊이 들이마시는 건 그의 유일한 취미였던 거죠. 급기야 그는 문제집을 푸는 대신 도서관에 가서 식물학 책을 읽었고, 마당에 있던 이름 모를 수목이 한반도 중부 산간지대에 널리 분포하는 굴참나무라는 것도 알게 됐어요. 아, 잠깐만요. 그러고 보니 그때 247에게 받은 편지에 이런 구절이 있네요. "나는 창으로 손을 내밀고 하늘을 향해 뿌리내린 나뭇가지들을 만져봤어." 멋지지 않은가요? 허공에 뻗은 가지를 하늘을 향해 뿌리내렸다고 표현하다니요. 어디 보자, 그는 또 이런 말도 적었어요. "너, 그거 알아? 나무에도 맥박이 뛴다는 거." 이건 그가 목련 봉오리의 부드러운 솜털을 만져본 다음 쓴 말이에요. 그래서 하는 말인데, 알고 보면 247은 소문처럼 나쁜 사람이 아니었을지도 몰라요. 이런 문장을 쓸 수 있는 사람이, 다른 누군가를 해치기위해 바이러스를 퍼뜨렸다니, 난 도무지 믿을 수가 없더라고요.

어쨌거나, 결국 247은 재수에 실패했어요. 내가 기억하기론 삼수도 실패했을 거예요. 그리고 그즈음부터 난 247과는 완전히 다른 길을 가게 됐고, 우리의 연락은 점점 뜸해졌어요. 그해 입시에서 꽤 좋은 성적을 받은 나는 대학에 입학하여 바쁜 시간을 보내게 됐으니까요.

247이 아버지의 강권으로 P국에 가게 됐다는 건, 한참 뒤에 알았어요. 공항에서 비행기를 기다리며 그가 전화를 했거든요. 그는 P국에서 약학을 전공할 계획이라고 했어요. 뭐라고요? 아, 잘 모르시는구나. 그래요, 전엔 그런 제도가 있었어요. P국에서 약대를 다니고는한국에 와 면허시험을 보는 게 가능했던 거죠. 전화가 걸려왔을 때, 난 격려하며 응원을 건넸어요. 넌 할 수 있을 거야. 파이팅! 뭐 이런말들이었죠.

하긴 이제야 털어놓는 말인데, 그때 P국으로 가는 247을 말리지않은 것을, 나는 지금까지도 후회하고 있어요. 마치 인류 전체에 씻을 수 없는 죄를 지은 느낌이라고 할까요? 당연하잖아요. 그가 거기가지 않았더라면 열대지방의 과일박쥐와 그렇게 가깝게 접촉할 일도 없었을 테니까요. 내가 알기론, 그는 P국의 어느 정글에서 과일박쥐와 처음 만났어요. 그러고는 그 치명적인 바이러스를 몸에 받아들인 거지요. 그의 몸에 들어온 바이러스는 가만히 숨어 있다가, 나중에 그가 축산연구소에서 일하며 접촉한 돼지들의 니파바이러스와만나 폭발적으로 진화한 거예요. 무시무시한 변종 니파바이러스로말이에요. 잠깐요. 여기 증거가 있어요. 247이 얼마나 정글을 좋아했는지, 거기서 얼마나 긴 시간을 보냈는지, 그가 당시 보낸 이메일에 다 적혀 있다, 이거예요.

"무엇보다도 좋은 건, 이곳에 나무가 많다는 사실이야. 이 커다란 섬은 온통 풀과 나무 천지지. 연중 뜨거운 기온과 높은 습도가, 푸르거나 녹색, 연두, 청록인 모든 것들의 생장을 광적으로 촉진시키고 있다고나 할까. 전날 밤 무릎 아래까지 오던 풀이 다음날 아침이면 허리 너머까지 자라 있는 광경을, 나는 경이에 빠져 바라보곤 해. 얼마 전, 스콜이 한바탕 휩쓸고 간 어느 여름 오후, 난 드디어 우비를 챙겨 입고 정글 투어를 떠나는 작은 버스에 몸을 실었어. 관광지 입구에 다다랐을 땐 일부러 다른 이들과 헤어져 혼자 열대우림의 짙고 어두운 청록 속으로 숨어들었지. 뒤쪽에서 관리인이 뭐라고 소리치는 것 같았지만(아마도 "이리 와요. 그쪽은 위험합니다! 그리고 혼자서 정글로 들어가는 것은 금지되어 있어요!"라고 경고하는 거였겠지) 끝까지 못 들은 척했어. 물기로 꽉 차 터질 듯 부풀어오른 공기 속을 걷는데, 어디선가 길고 구슬픈 울음소리가 들리더니, 흰색, 노랑, 빨강, 파랑, 온갖 색깔로 뒤덮인 커다란 앵무새가 하늘로 날아오르더군. 가슴까지 와닿는 녹색의 억세고 키 큰 풀을 헤치며 한참을 걸었을 때, 저 앞에서 뭔가 커다랗고 검은색을 띤 것이 천천히 움직이는 게 보였어. 난 카메라를 들고 그쪽으로 다가갔지. 그러고는 오, 이런!이라고 외쳤는데, 왜냐하면 그건 세상에서 가장 큰 박쥐였기 때문이야. 그 거대한 박쥐는 날개를 망토처럼 접어서 몸에 두른 채 끝을 알 수 없이 뻗은 덩굴 줄기에 매달려 흔들리고 있었어. 나는 사진을 찍는 것도 잊고 박쥐를 향해 조심조심 다가갔지. 그러고는 손을 뻗어 짧고 매끄러운 검은 털로 뒤덮인 융단 같은 피부를 만져봤던 거야."

7장. 다큐: 순가이 니파 마을의 비극

20세기 후반 언제인가 말레이시아 북부에 있는 순가이 니파라는 마을에서 한 농부가 컹컹 기침을 시작했다. 처음에는 그저 가벼운 감기를 앓는 거라고 여겼지만 이틀 정도 지나자 병세는 급격하게 악화되었다. 고열에 시달렸고 약간 정신이 이상해진 사람처럼 행동하다가 그만 푹 쓰러지고 말았기 때문이다. 그는 비닐 앞치마를 두르고 무릎까지 오는 장화를 신은 채 돼지우리 앞에서 발견됐다. 물론 가족들은 그렇게까지 걱정하지 않았다. 본래 사람이란 아프다가도 다시 건강해지고 또 안 좋아졌다가 회복되길 반복하는 법이니까. 아내는 화가 나서 중얼거렸다.

"그러게, 감기에 걸렸으면 쉬어야지."

그들은 농부를 가까운 의원으로 데리고 갔다. 그때쯤 농부는 의식이 어느 정도 돌아왔지만 열에 들떠 헛소리를 했고 자꾸만 팔을 휘저으며 컹컹 이상한 소리로 기침을 했다. 마을의 터줏대감이나 다름없던 늙은 의사는 농부의 배와 가슴에 청진기를 대고 오래도록 눈을 감고 있었다. 그러다가 고개를 저으며 이렇게 말했다.

"이상한 질병이야. 그동안 듣도 보도 못한 병이라고. 얼른 쿠알라룸푸르로 데려가야 해!"

그제야 가족들은 차를 부른다, 병원에 전화를 한다, 수선을 피웠고 마침내 반쯤 정신을 잃은 농부를 데리고 쿠알라룸푸르로 향했다.

알려진 사실 그대로, 농부는 응급실에 도착한 지 얼마 되지 않아 숨을 거뒀다. 가족들이 슬픔과 충격으로 우왕좌왕하고 있을 때 한 불청객이 병원을 찾아왔다. 그는 돼지고기 유통업자였는데, 농부에게 이미 돈을 치렀는데도 돼지를 공급받지 못했다고 소란을 피웠다. 결국 보다 못한 농부의 먼 친척이 그를 복도로 불러내 말했다.

"이보시오, 지금 사람이 죽었소. 무슨 병인지도 모르는 채로 속절없이 가고 말았다오. 보시오. 모두 슬픔에 잠겨 있소. 돼지는 약속대로 넘겨줄 테니, 제발 오늘은 조용히 좀 해주시오."

그러나 업자의 난동은 계속됐다. 그는 필요한 양만큼의 돼지고기를(주로 싱가포르로 수출하는 거였는데) 구할 수 없을까 싶어 불안에 떨었다. 그즈음 말레이시아 돼지 농장에는 이상하고 기묘한 전염병이 돌고 있었다. 돼지들은 컹컹 기침을 하다가 비틀대다가 쓰러져 죽었다. 게다가 돈사 인근의 주민들도 그 비슷한 증세를 보이다가 열에 다섯은 죽고 마는 것이었다.

"이런 기괴한 병은 난생 처음이야."

일대의 주민들은 두려움에 떨었다. 어쨌든 원인은 밝혀지지 않았지만 병이 더 퍼지는 것을 막는 길은 하나뿐이었다. 돼지를 없애버리는 것. 하루가 멀다 하고 비닐 방호복을 입은 공무원들이 돼지 농장을 드나들었다. 그들은 깊게 구덩이를 파고 그 안에 돼지를 몰아 넣은 뒤 생석회를 뿌리고 흙으로 덮었다. 돼지들이 죽어가며 지르는 비명이 대기를 가득 채우고 구덩이에서 새어나온 피와 오물은 온 땅을 덮었다. 그런데 그나마 남아 있던 돼지농장 주인이 고기도 넘기지 않은 채 죽어버렸다니. 돈육업자는 애가 타서 죽을 지경이었다. 그는 고함과 난동을 멈추지 않았고 오늘 저녁 당장이라도 약속한 만큼의 돼지를 넘기라고 협박과 애걸을 섞어 소리쳤다. 돈육업자의 목소리가 어찌나 컸던지 병원 복도를 지나는 모두가 그들이 다투는 사연을 알게 됐을 정도였다. 그렇게 해서 사연을 알게 된 이들 중 홍콩에서 온 감염병 학자가 있었다. 학자는 말레이시아에서 일어나는 의문의 죽음(정확히는 모르지만 돼지와 인간이 관계된 것으로 보이는)에 대해 토론하는 학회에 참석하려고 쿠알라룸푸르를 방문한 것이었다. 돼지농장. 농부의 죽음. 감염병 학자는 돈육업자와 농부의 친척 사이로 뛰어들며 말렸다.

"이보세요, 죽은 이는 어디 있습니까? 지금 이러고 있을 때가 아니에요. 어쩌면 그는 지금까지 알려지지 않은 어떤 끔찍한 바이러스 때문에 죽은 걸지도 모른다고요. 어서 나를 그에게 데려다주세요. 그 농부의 몸에서 검체를 가져다가 무엇에 감염된 건지 살펴봐야 합니다."

순간 돈육업자의 얼굴은 하얗게 질렸다. 그의 입에서 신음과 탄식이 뒤섞인 채 흘러나왔다. 이런 제기랄. 바이러스라고? 그는 돼지고 뭐고 다 필요 없다며 미친 듯이 빠르게 병원을 뛰쳐나갔다. 집으로 가서 가장 독한 빨랫비누로 손과 발, 온몸을 벅벅 문질러 닦았지만, 깊은 밤이 되도록 공포에 떨며 잠들지 못했다. 슬프게도 나중에 이 돈육업자가 어떻게 되었는지는 아무도 모른다. 그는 그저 무사하게 넘어갔을 수도 있지만 운이 더럽게 없었다면 순가이 니파 마을에서 온 농부와 같은 증세에 시달리다 죽었을 수도 있으니까. 하여튼 유가족의 동의하에 농부의 몸에서 검체가 채취됐다. 감염병 학자는 현미경으로 한때는 농부 몸의 일부분이었던 세포들을 자세히 들여다봤고 그것들이 바이러스로 인해 만신창이가 됐음을 발견했다. 그 후로도 몇 단계를 더 거친 검사 끝에, 이전에는 알려진 적도 없었던 바이러스 하나가 세상에 공표됐다. 학자들은 죽은 농부의 마을 이름을 따서 그 둥근 공 모양을 띤 바이러스에 '니파'라는 이름을 붙여줬다.

부정적 전망을 던지며 사람들에게 겁주기를 좋아하는 이들은 그 후로도 툭하면 "곧 니파바이러스의 대유행이 올 거야"라고 중얼댔다. 그들은 언젠가는 니파바이러스가 인류를 절멸로 몰고 갈 거라고, 왜냐하면 돼지는 언제나 자기 몸 안에 그 바이러스를 숨길 수 있고, 인간은 돼지고기 없인 살 수 없기 때문이라고 주장했다.

두려움에 빠진 사람들은 앞다투어 순가이 니파를 떠났다. 사실 땅에 파묻힌 돼지들의 귀를 찢는 듯한 비명 때문에 더 머물기도 힘들었다. 돼지 농장의 주인들과 그 가족, 거기서 일하던 일꾼들, 고기 유통업자와 도축업자들. 모두가 간단한 짐만 싸서는 줄행랑을 쳐버렸고 마침내 마을은 텅 비어버렸다. 마지막 단계는 국가가 돼지 사육을 금지하는 것이었고, 갈 곳도 없고 굳이 도망쳐야 할 이유도 없는 노인 몇몇만이 유령 마을이 된 순가이 니파에 남았다.

다큐멘터리 팀이 마을을 방문했을 때 대부분의 노인은 인터뷰를 거절했다. 제작팀은 어르고 달래거나 애걸하고 조른 끝에 그중 한 사람과 이야기를 나눌 수 있었다.

"얼마 전에 들었어. 숙주인가 뭔가가 돼지가 아니라는 것을. 그래, 그 무서운 병원균을 옮기는 놈들은 박쥐라며? 사악한 놈들, 밤마다 검은 날개를 펼치고 날아올라 인가 주위를 빙빙 도는 기분 나쁜 놈들, 그것들이 범인이었던 거야. 그런데도 우린 그것도 모르고 이런 짓을 저질렀어. 이제 이 마을엔 돼지가 한 마리도 없어. 여기만이 아니라 이 일대 전체가 그래. 지금 땅속엔 지하수 대신 돼지 피가 흐른다고. 그래서 하는 말인데, 왜 다들 박쥐를 그냥 놔두는 거지? 세상의 모든 박쥐를 모두 없애버린다면 이런 끔찍한 일은 앞으로 결코 일어나지 않을 텐데."

폐허가 된 돈사 앞에서 쭈그려 앉은 채 노인은 깡마른 팔뚝으로 눈가를 훔쳤다. 땀인지 눈물인지 알 수 없는 끈적한 액체가 쉴 새 없이 볼과 이마를 타고 흘러내렸다.

8장. 누군가 꿈꾸는 세상

갑자기 화면이 꺼졌다. 247의 친구가 리모컨을 눌러버린 탓이다. 마침 그는 자기 주장에 신빙성을 더하기 위해 어떤 오래된 다큐—제목은 '순가이 니파 마을의 비극'인데—를 찾아내 보여주던 중이었다.

정지된 화면엔 순가이 니파 마을에 마지막까지 남아 있었다는 노인의 주름진 얼굴이 클로즈업 돼 있었다. 그리고 그 밑에 보이는 자막. "박쥐는 유죄인가, 아닌가?"

247의 친구라는 사람이 격앙된 목소리로 물었다.

"자, 봤지요? 이 모든 비극, 돼지가 사라지고 인간이 죽어가는 이 비극은, 결국 저 사악한 날개 달린 동물에게서 비롯된 겁니다. 박쥐가 모든 일의 원흉이라고요. 아시겠어요? 박쥐는 몸속에 바이러스를 보유하고도 살아남을 수 있다면서요? 옛날에, 그러니까 2020년인가 그즈음에 돌았던 코로나19인가 하는 것도 박쥐가 다른 동물에게 바이러스를 옮기는 과정에서 변이가 일어나 그렇게 된 거더군요. 맞지요? 그렇다면 왜 당국은 박쥐를 멸종시키려 들지 않는 걸까요? 도대체 무슨 꿍꿍이속으로 그놈들을 박멸시키지 않았냐, 이 말입니다."

그러고 나서 잠시 입을 다물고 있던 그가, 고개를 한 번 끄덕이더니 이야기를 이어갔다.

"247은, 아니 내 친구 홍섭이는 희생양이었어요. 이 다큐에 바로 그 증거가 있잖아요. 그런데 그 전에 먼저 들려주고 싶은 일화가 하나 더 있어요. 좀 아까 보여줬던 그 메일 말이에요. 247이 P국에서 유학하며 열대우림을 방문했던 경험을 써서 보낸 이메일. 거기에 직접 적진 않았지만, 나중에 그가 전화로 들려준 뒷이야기가 있어요. 이메일을 보낸 날 밤, 홍섭이는 카카오톡으로 화상통화를 걸어왔어요. 이런저런 별로 중요하지도 않은 대화를 나누다 보니, 그 녀석 손에 반창고가 덕지덕지 붙은 게 보이더라고요. 어디 다치기라도 한 거야? 물었더니, 홍섭이가 대답했어요. 아까 낮에 단체 관광객들을 따라 열대우림에 갔다가 박쥐를 만났어. 사람 크기만 한 커다란 놈이었는데, 까맣고 윤기 나는 몸을 가지고 있더라고. 뭔가에 홀린 듯 다가가서 보다가 나도 모르게 쓰다듬었는데, 잠자던 박쥐가 갑자기 눈을 번쩍 뜨더니 손등을 물지 뭐야. 나는 비명을 질렀어. 너무 아파서. 피가 뚝뚝 흐르는 손등을 꽉 눌렀지만 달리 도리가 없었지. 관광버스가 있는 주차장까지 걸어 돌아와서 운전기사에게 소독약이나 반창고가 있는지 물었더니 구급상자에서 밴드 한 장을 꺼내주더라고. 그는 나에게 병원에 가서 주사라도 맞아야 하는 거 아니냐고 했지만, 난 괜찮다고 했어. 그러면서 홍섭이가 별일 아니라는 듯 씩 웃던 모습이 아직도 떠오르네요. 그래요, 그걸 기억하고 있었어야 하는데. 아니, 그날 그와 화상통화를 했을 때, 뭔가에 감염된 건 아닌지 혈액검사라도 받아보라고 권했어야 하는데. 지금 와서 생각해보면 모두 후회되는 일뿐이랍니다. 어쨌든 오랜 시간이 흐른 후에, 홍섭이가 이 모든 끔찍한 사태의 원흉이자 결과로 밝혀진 다음에야, 나는 그때의 기억을 다시 떠올렸어요. 그래, 맞아! 바로 그날이었을 거야. 그때 열대우림에서 박쥐에게 손등을 물린 날. 그날 홍섭이의 손등 벌어진 피부 틈, 드러난 모세혈관으로 수백만 개의 바이러스에 오염된 박쥐의 침이 스며들었던 거야. 그리고 홍섭이의 몸속에서 끝없는 돌연변이를 일으킨 거지. 그놈들은 변이를 거듭할수록 더 사악하게 변했고 마치 아무 일도 없는 듯 숨을 죽인 채 기회를 엿보았던 거라고! 어떤 기회냐고요? 당연히 세상으로 나올 기회 아니겠어요? 나와서 모두를 충격과 공포로 몰아넣을 기회. 지구 위에 사는 수많은 인간을 단번에 몰살시킬 기회. 하지만 그보다 훨씬 오래전, 순가이 니파 마을에서 그런 일이 벌어졌을 때 박쥐들부터 멸종시켰다면 어땠을까요? 네, 맞아요. 난 그렇게 생각해요. 일의 순서는 그렇게 된 거죠. 247이, 아니 홍섭이가, 잠깐만요. 이 명칭에 대해서도 할 말이 있어요. 왜 우리는 그를 247번이라고 불러야 하죠? 인권? 프라이버시? 웃기지 말라고 해. 그저 그를 하나의 사람으로 인정하기 싫은 거야. 안 그런가요? 그에게 엄연한 이름이 있는데 만약 김홍섭이라고 부른다면 그렇게도 흔쾌히 그를 우주로 쏘아 보내 격리시키자고 하지 못했겠지. 그런데 247이라고 부르니, 어때요? 뭔가 사람이 아니라 그저 숫자, 기록, 문서에 불과하게 느껴지잖아요. 그래서 하는 말인데, 난 그를 247이라고 부르지 않을 생각입니다. 김홍섭이라고, 정확히 발음할 테니, 당신도 정확히 기록해줘요. 알겠죠? 여하튼, 순서는 이거예요. 먼저 홍섭이가 박쥐로부터 바이러스에 감염되고, 그의 몸속에서 돌연변이를 일으킨 바이러스가 나중에 돼지의 몸속에서 한 번 더 변이된 다음 다시 인간으로 종간 이동했다는 것.

아, 그건 잘못된 얘깁니다. 말도 안 되는 루머, 가짜뉴스라고요! 홍섭이가 일부러 박쥐에게 손등을 물렸을 거라니…… 아니, 대체 왜요? 뭐라고요? 인류를 몰살시킬 계획으로 그랬을 거라고요? 하, 이보세요, 홍섭이는 절대 그럴 애가 아닙니다. 나무를 사랑하고 동물을 아끼는 마음이 넘쳐흐르는 따뜻한 친구였다고요. 그 사랑의 마음으로 과일박쥐 한 마리를 쓰다듬었을 뿐인데…… 생각지도 못했던 엄청난 결과를 맞닥뜨린 것뿐이죠. 생각해봐요. 도대체 누가 그런 삶을 원하겠어요? 아무리 없애려고 해도 없어지지 않는 기묘한 변종 바이러스를 가진 유일한 인간이 되어 의도치 않게 수많은 사람을 죽음으로 내몰고, 우주로 영원히 내쫓겨 그 검고 막막한 공간에서 홀로 외로이 눈을 감는 삶.

그래서 하는 말인데, 알고 보면 247이 어둡고 음험한 목적을 가진 이들의 희생양에 불과했다는 사실을 암시하는 유명한 역사적 사건이 있어요. 그 얘기를 해주고 싶군요. 당신, 수백 년 전 스페인이 멕시코에 어떤 짓을 했는지 알아요? 정확히는 코르테스가 한 짓이라고 하는 게 옳을지도 모르지만 말이에요. 그는 겨우 몇백 명 정도의 스페인 군인을 데리고 아즈텍을 정복하려 했어요. 그러다가 뜻대로 안 되니까 천연두 환자의 고름이 잔뜩 묻은 담요를 아즈텍 사람들에게 선물했던 거죠. 글쎄요, 그런 더러운 담요를 정말로 아즈텍인들이 덥석 받아서 덮거나 둘렀는지는 사실 아무도 모르죠. 그렇다고들 하니 그렇게 믿는 수밖에요. 중요한 건, 그 담요 때문에 아즈텍 전체에 천연두가 창궐했다는 겁니다. 그리고 결과는…… 알다시피 몰살이었죠. 대살육. 제노사이드. 코르테스는 그런 식으로 손쉽게 아즈텍을 삼켜버린 거라고요. 그렇다면 여기서 퀴즈! 변종 니파바이러스가 잔뜩 묻은 담요를 인류에게 전달한 현대판 코르테스는 누구일까요? 그의 정체는 도대체 무엇이기에, 이렇게 많은 사람과 돼지들을 죽음으로 몰고 간 걸까요?

아니, 진짜로 하고 싶은 말은 이거예요. 현대판 코르테스가 누구든 간에, 우린 충분히 막을 수 있었다는 겁니다. 전지구적으로 박쥐를 박멸하는 운동을 일으켰더라면 어땠을까요? 오래전 언제인가, 쥐 박멸 운동을 펼쳤던 때처럼 말이에요. 우리 할머니는, 지금은 돌아가셨지만, 어릴 때 학교에 쥐를 잡아가야 했대요. 그땐 우리나라에 쥐가 많았고, 그 쥐들이 더러운 균을 여기저기 옮겼나 봐요. 하여튼 쥐를 잡아 통째로 가져가면 부피가 너무 크니까 학교에선 꼬리만 잘라서 가져오라고 했다더군요. 할머니를 비롯한 마을 아이들은 열심히 돌아다니며 쥐를 잡았고(사방에 쥐가 있어서 잡기가 그렇게 어렵지는 않았다고 하네요. 부엌에도 마당에도 쓰레기장이나 골목길 어디에도 반들거리는 몸통에 길고 매끄러운 꼬리를 가진 검은 쥐들이 출몰했다고 하니까요) 커다란 재봉 가위로 꼬리를 싹둑 자른 다음 고무줄로 나란히 묶어서 선생님께 제

출했다는 거예요. 우리가 그때처럼 합심하여 박쥐를 박멸했다면, 이번과 같은 비극은 결코 일어나지 않았을 거라고 나는 믿어요. 그래서 더더욱 의심이 드는 거고요. 동물을 보호해야 한다는 둥, 어쩌고 저쩌고 하면서 한낱 박쥐 나부랭이를 인간보다 더 우위에 두려는 자들의 검은 속내에 대해서 말입니다. 그들이 원하는 것은 도대체 뭘까요? 인류가 사라진 깨끗한 지구? 박쥐나 온갖 새들, 갖가지 동물과 셀 수 없이 많은 곤충만이 번성하는 그런 세상을 꿈꾸는 거 아니냐고요."

9장. 철거

247이 질병통제센터에 끌려가 격리된 뒤 그가 살던 집은 벽돌 한 장 남기지 않고 철거됐다. 당시 철거 작업에 참여했던 업자는, 고개를 설레설레 저으며 몸서리를 쳤다.

"지금까지 했던 철거 작업 중 가장 힘든 일이었어요. 그야말로 극한 직업이란 말이 어울리는 일 아니었을까 싶네요. 생각해봐요. 247이 살던 집이잖아요. 그중 하나라도 잘못 건드렸다간, 다 죽는 거 아니에요? 니파바이러스인가 하는 무시무시한 균에 감염돼서 말이에요. 그날 새벽, 인력사무소에 가서 기다리는데, 솔직히 느낌이 안 좋더라고요. 꿈자리도 뒤숭숭했고. 그냥 하루 쉴까 하다가, 그래도 먹고살아야 해서 일을 나간 건데, 출발 전까지 우리가 어디로 가는 건지도 알려주지 않았다니까요. 알려줬으면 당연히 튀었죠. 누가 그런 델 가서 일하려고 하겠어요. 난 싫어요. 억만금을 준대도 그런 집에 가서 손끝 하나라도 닿기 싫다고요. 하여간 우린 아무것도 모른 채 봉고차에 올라탔고, 이동하는 동안엔 팔짱을 낀 채 다들 잤어요. 눈을 떠보니 기묘한 악취가 감도는 어느 허허벌판에 우릴 내려주더군요. 왠지 불안한 마음에 웅성대는데, 책임자라는 사람이 우주복 같이 생긴 방호복을 입고 나타났어요. 그는 우리에게도 방호복을 나눠주며 입으라고 했어요. 옷을 다 입고 나서야, 그날 철거할 집이 어떤 곳인지 말해주지 뭡니까. 우리는 깜짝 놀라 사색이 됐어요. 247. 그 유명한 이름을 모르는 사람이 어디 있겠어요. 인류를 몰살시킬뻔한 놈인데. 그 악마 같은 놈이 혼자 우주선에 격리되어 지구 밖으로 쫓겨나는 광경은, 나도 라이브로 지켜봤어요. 어찌나 속이 시원하고 안심되던지. 듣기론, 그놈의 몸속에 있는 바이러스만이 특이하게 변해서 치료제도 듣지 않는다면서요? 여하간에, 처음에 우린 모두 돌아가겠다고 소란을 피웠어요. 아무리 돈이 궁해도 목숨을 내놓고 일하고 싶진 않다고 소리쳤죠. 그때 책임자가 와서 제안하더군요. 일당을 두 배로 주겠다고……. 그리고 이런 말도 했어요. 방호복을 입고 안전수칙만 잘 지키면 바이러스에 감염되지 않을 거라고, 무엇보다도 247이 살던 집 구석구석을 이미 완벽히 소독해뒀다고. 마침내 우린 수락했고, 방호복으로 갈아입은 뒤 조심조심 집 안으로 들어갔지요. 247의 집은 생각보다 깨끗했어요. 말끔하게 정리되어 있고 거실엔 작은 화분이 여러 개 놓여 있기까지 했지요. 정성껏 돌보고 가꾸었는지 화초들은 하나같이 싱싱하고 이파리에선 윤기가 흐르더군요. 화분만이 아니라, 벽엔 색감이 예쁜 사진과 그림을 여기저기 걸어놓았고, 뭐 이렇게 말하긴 싫지만 전체적으로 인테리어는 어디 하나 나무랄 데 없이 훌륭했는데, 그걸 보면서 난 이런 생각을 했어요. 역시 미치광이 악마 같은 놈들일수록 이런 기묘한 면을 지닌단 말이야. 잘은 모르지만 히틀러가 그렇게 아름다운 그림이나 음악을 좋아했다면서요? 247 역시 그런 류의 인간이었던 거예요.

(중략) 거실에서 우리 팀은 둘로 갈라졌어요. 반으로 나뉘어 각각 지상과 지하를 책임지고 철거하기로 한 거죠. 누가 지하로 내려갈지를 두고는 한동안 격론을 벌였어요. 다들 그나마 해가 드는, 그래서 밝은 느낌이 나는 지상에서 일하길 원했지, 어둡고 음습한 지하 창고로 내려가고 싶어 하진 않았으니까요. 결국엔 책임자가 화를 냈어요. 이러다가는 오늘 일을 끝마치지 못할 수도 있다고요. 결국 가위바위보로 정하게 됐는데, 내가 지하로 내려가게 된 거예요. 계단을 내려가서 나무로 된 문을 열자 정면 벽에 이상한 하얀 종이가 붙어 있던 게 기억나네요. 거기엔 이런 말이 매직으로 적혀 있었지요.

─인류는 하나의 유행병인가?

그놈은 또 이런 기사를 크게 확대해서 벽에 붙여놓기도 했더라고요.

─코로나로 죽은 사람의 수보다 코로나 때문에 번성하게 된 생명체가 훨씬 더 많다.

어둠 속에서 그 기사를 대충 읽어보고, 나는 기가 막혀서 고개를 저었어요. 예전에 코로나19라는 바이러스가 지구를 휩쓸었을 때, 그때 죽은 사람은 많지만 대신 공기도 맑아지고 그래서 동물이나 식물은 더 번성할 수 있었다는, 그런 내용이 거기 적혀 있었으니까요. 역시 내 예상이 맞았던 거죠. 놈은 인간보다 다른 동물이나 식물을 우선시하는 사람이었어요. 동물을 위해서라면 혹은 식물을 위해서

라면 인간 따위는 죽거나 없어져도 된다는 생각에 빠져 있던 거죠. 아니, 어떻게 그런 끔찍한 발상을 할 수 있을까요? 당신도 기억하잖아요. 팬데믹으로 온 인류가 고통에 빠져 있던 몇 년을. 여기저기서 사람들이 픽픽 쓰러져 죽고 병실엔 환자가 넘쳐나 복도까지 시체로 가득했지요. 시스템은 마비되고 치료받지 못한 이들은 짐짝처럼 쓰러진 채 죽어갔다고요! 바이러스에 걸려 죽은 노인네들은 가족도 못 만난 채 비닐 자루에 아무렇게나 담겨 화장됐는데······. 그런 와중에 사슴이나 멧돼지가 몇 마리 더 살아남는 게 무슨 의미가 있지요? 공장이 가동을 멈춰서 하늘이 평소보다 좀 더 깨끗해지는 건 또 무슨 의미가 있고요. 동물의 생명이 인간의 생명만큼 중요하다는 역겨운 소리는 집어치우라니까요! 인간이 있어야 동물도 있는 거 아닌가요? 안 그래요?

다시 한번 말하지만 247의 지하 창고에는 그런 기분 나쁜, 읽기만 해도 토악질이 올라오는 문서가 벽에 가득했어요. 따라서 내 의견은 이거예요. 그가 오래전부터 모든 걸 철저하게 계획해왔다는 것. 그는 복수를 꿈꾸고 있었어요. 불특정 다수에 대한 복수. 인간 자체에 대한 복수. 모두에게 죽음을 선사하고 '자연'─그 빌어먹을 자연─과 단둘이 살아남겠다는 사악한 소망! 그러기 위해서 그는 박쥐에게서 바이러스를 받아들이고 돼지들과 하루가 멀다 하며 접촉했겠지요. 게다가 247이 P국에서 미생물학과 약학을 공부했다는 건 사실이잖아요. 그는 바이러스가 어떤 환경에서 돌연변이를 만들어내는지 누구보다 잘 알았을 거예요. 따라서 247은 추방당해 마땅

한 인간이라는 게 내 의견이에요. 외로움에 지쳐 우주에서 홀로 죽어도 슬퍼할 필요 없는 인간.

놈이 퍼뜨린 병균은 우리를 거의 멸종 직전까지 끌고 갔어요. 물론 나도 뉴스를 봐서 알아요. 직접 감염으로 죽은 사람보다, 또다시 밀려올 팬데믹에 대한 두려움과 공포, 격리와 봉쇄에 대한 분노, 좌절, 이런 걸 견디지 못해 자살한 사람의 수가 더 많다는 것을요. 하지만 아무려면 어때요? 결국 이유는 변종 니파인가 뭔가 하는 바이러스 때문이잖아요. 더 따지고 들면, 그 병균을 자기 몸에 숨긴 채 아무 일도 없다는 듯 세상을 활보한 247에게 모든 책임이 있는 거고요.

그러고 보면 생각만 해도 오싹해지지 않나요?

만약 신고자가 그를 발견하지 못했다면? 그가 몰래 해열제를 먹고 있다는 걸 당국에 알리지 않았다면? 그럼 우리는 아무것도 모른 채, 속수무책으로, 그 끔찍한 바이러스에 노출되고 말았을 거 아니냐고요."

10장. 신고자

그날 아침 눈을 떴을 때 어지럼증에 나도 모르게 휘청했어요. 아마 전날 마신 술 때문이었겠지요. 그래도 얼른 자세를 가다듬으며 침대 머리맡부터 쳐다봤다니까요. 다행히 경보음은 울리지 않았어요. 하지만 열감지기의 붉은색 렌즈는 집요하게 깜빡이며 내 일거수일투족을 감시하듯 따라다니더군요. 아, 물론 오해는 하지 말아요. 그냥 그렇게 느꼈다는 것뿐, 특별히 '시스템'에 반감을 가지고 있는 건 절대 아니니까.

하긴 경보음이 울렸어도 큰 문제는 없었을 거예요. 모든 게 센터로 보고된다 해도 무슨 일이 일어날 리는 없으니까요. 열이 있던 것도 아니고 두통이나 그 외의 별다른 증세도 없었으니, 그저 약간의 해명 과정만 거치면 됐을 테지요. 귀찮지 않냐고요? 당연히 성가시죠. 그렇지 않다고 한다면 그건 거짓말일 겁니다. 하지만 어쩌겠어요? 우리가 이렇게 활기차고 건강하게 하루하루를 살아갈 수 있는 건 모두 다 저 '시스템' 덕분인데 말이에요. (그러면서 신고자는 열감지기 쪽을 슬쩍 쳐다본다.)

사실 이건 나만 그렇게 생각하는 게 아니에요. 우리 모두 기억하고 있잖아요. 끔찍했던 역병의 시대를. 끝없이 죽어나가던 사람들, 아수라장이 된 병원과 보건소. 방호복을 입고 고글을 쓴 방역 요원들이 유령처럼 돌아다니던 음산한 거리는 또 어떻고요! (신고자는 몸서리를 친다. 그가 기억하는 이 모든 광경이 실제로 목격한 것이 아니라, 텔레비전이나 스마트폰 화면을 통해 본 미디어의 한 장면임을 안다고 해도 달라질 건 없다. 중요한 건 공기 중에 떠도는 바이러스 입자였고 그걸 몸에 품고 다니며 소리 없이 옮기는 악마 같은 존재들이었으니까.)

가벼운 체조를 마치고 아침을 먹기 위해 냉장고를 열었어요. 통곡물로 만든 빵과 두유 요구르트를 꺼냈죠. 아, 얘기하지 않았던가요? 그 일 이후로—그러니까 2021년의 그 무시무시한 사태 이후로 말이에요— 난 비건이 됐습니다. 동물성 식품은 이제 못 먹겠더라고요. 공장식 축산, 죄 없이 죽는 동물들. 아아, 그런 걸 먹느니 차라리 굶어 죽을 거예요. 그런 처참한 환경에서 사육된 동물의 고기였으니 오죽하겠어요? 그렇게 밀집된 축사 안에서 바이러스든 세균이든 곰팡이든, 뭐든 단 한 마리라도 감염되면…… 그러면 답은 뻔하거든요. (그가 약간은 오만한 표정으로 채식주의의 필요성에 대해 설파한다. 그러다가 상대방이 별달리 반응하지 않자 머쓱해져서는 다시 증언을 이어간다. 다만 이때 자신이 그날 아침 식사를 하며 열 번도 넘게 열감지기 쪽을 쳐다봤다는 이야기는 하지 않는다. 거기 달린 붉은색 렌즈가 자기의 모든 행동을 센터 어딘가로 전송할 것 같다는 찜찜한 느낌에 대해서도 입을 다문다. 그런 건 말해봤자 아무 의미도 없을 뿐더러, 도리어 의혹만 불러일으키게 되리라는 걸 알기 때문이다. 왜냐하면 어차피 다들 이렇게 반문할 테니까. "당당하다면, 그러니까 열도 없고 바이러스에 감염되지도 않았다면, 켕길 게 대체 뭐가 있지? 도대체 시스템을 두려워해야 할 이유가 어디에 있느냐고.")

아침을 다 먹고 세수를 한 뒤 윗옷을 걸쳤어요. 신발을 신으려는데 전화벨이 울리더군요. 받을지 말지 잠시 망설인 이유는 시간이 별로 없었기 때문이에요. 그걸 받으면 역까지 뛰어야 하는데, 아침부터 그렇게 달리고 나면 오전 회의에 예정된 발표를 제대로 할 수 없을 게 뻔하니까요. 하지만 결국 난 전화를 받았어요. 화면에 뜬 발신인을 본 순간, 안 받을 수가 있어야지요. 거기엔 내 주치의의 이름이 있었고, 그건 마치 어떤 불길한 소식을 알리는 전언처럼 빛나고 있었죠. 누구나 그렇겠지만 종합건강검진을 받은 후 며칠 지나지 않아 담당의가 전화를 걸어온다면, 제정신으로 전화를 받긴 힘들어요. 그날 아침의 나 역시 마찬가지였죠. 심장이 쿵쿵 뛰고 손바닥에선 땀이 나기 시작했으니까요. 바짓자락에 손바닥을 대충 문지르고 통화 버튼을 옆으로 밀자 의사의 목소리가 들려왔어요.

—좋은 아침이군요. 오랜만에 해도 쨍쨍 나고, 그야말로 기분 최고 아닙니까?

그는 최대한 쾌활한 태도를 꾸며내어 인사했어요. 난 떨리는 목소리를 애써 억누르며 말했습니다.

—그러게요. 그런데, 할 말이 있으면 그냥 해주시면 돼요. 굳이 그럴 필요 없다고요.

그제야 의사는 착 가라앉은 목소리로 대답했어요.

—검진 결과가 나왔습니다. 한번 오셔야 할 것 같아서 전화했습니다.

　—비대면으로 안 될까요?

　—네, 애석하게도.

　난 알겠다고 했어요. 그러고는 오후 3시에 진료실에 찾아가기로 약속을 잡았지요. 운동화를 신고 끈을 매는데 자꾸 손이 빗나가더군요. 결국 끈 묶는 일을 잠시 멈추고 오른손으로 왼손을 꽉 잡았어요. 그렇게 하고 있으면 자율신경인지 뭔지가 진정되어 떨림이 가라앉는다는 얘기를 어디선가 들은 적 있거든요. 하지만 떨리는 게 멈추긴커녕 아예 온몸이 덜덜 떨리기 시작했어요. 대체 내 건강에 무슨 일이 생긴 걸까. 설마 쥐도 새도 모르게 어떤 미지의 균이나 바이러스에 감염된 건 아니겠지? 문득 그런 불길한 생각이 떠올라서, 미친 듯이 머리를 흔들었어요. 그건 상상만으로도 끔찍하기 그지없는 일이었으니까요. 알죠? 그 수용소. 꼼짝없이 끌려들어가서 격리되는 건 그나마 참을 수 있어요. 하지만 나온 다음엔? 그다음엔 어떻게 되냐고요? 사람들이 날 뭐라고 생각하겠어요? 격리되었던 인간이라는 꼬리표를 평생 달고 사는 건 상상만 해도 끔찍하다고요. (그러다가 신고자는 퍼뜩 정신을 차린 듯 이마의 땀을 닦는다. 그는 과도하게 흥분한 자신에 대한 자책감으로 화가 난다. 어쨌든 뭐든 과한 건 좋지 않은 법이다. 요즘 같은 세상에선 더더욱 그러하다.)

　그러다 시계를 보니, 벌써 버스 탈 시간이 훨씬 지났더라고요. 난 겨우 마음을 추스르며 속으로 중얼거렸어요. 그래, 뭐 별일이야 있겠어. 종합검진을 받은 지 아직 일 년도 안 됐잖아. 그땐 정말 건강했다고. 그런 생각을 하니 좀 편안해져서 그제야 현관문을 닫고 나갈 수 있었지요.

그를, 247을 만난 게 바로 그때예요. 지금 와 돌이켜보면 그날은 아침부터 모든 게 다 꼬였던 것 같네요. 일어날 때 이유 없이 어지러움을 느꼈던 것도, 주치의로부터 불길한 전화를 받았던 것도, 모두 그를 만나기 위한 일종의 전초전에 해당했던 거죠. 만약 그런 자질구레한 일들로 시간이 지체되지만 않았어도, 난 그를 만나지 못했을 겁니다. 당연히 그와 부딪힐 일도 없었을 테고, 아무 죄도 없이, 그야말로 어떤 증상이나 징후가 없었음에도 수용소에 격리되는 비극도 면할 수 있었을 테죠. 하지만 만나야 할 사람은 결국 만난다고 하던가요? 아니면 운명이라는 게 실제로 존재하는 걸지도 모르지만, 하여간 난 247과 맞닥뜨리고 말았어요.

잠깐. 그런데 그 기록, 약속은 지키고 있는 거죠? 나에 대해선 절대로 비밀을 지켜달라는 것 말이에요. 내가 누구고 무엇을 하는 사람이었는지, 남자였는지 여자였는지, 나이가 몇 살 정도였는지, 어떻게 생겼었는지, 그 어떤 것도 밝히지 말아달라고요. 알겠어요? (신고자는 신경질적으로 말하며 오른손 검지로 상대방의 무릎에 놓인 태블릿을 가리킨다. 그러고도 안심이 되지 않는지 이런 말을 덧붙인다. "하여튼 나중에 기록이 완성되면 초고를 꼭 보내주세요. 내가 먼저 검토할 테니까요. 만약 약간의 문제라도 있다면, 어떤 협상도 없이 바로 변호사에게 보낼 겁니다.")

계단 모퉁이를 도는데, 누군가가 반대편에서 뛰어올라왔어요. 피하고 자시고 할 시간도 없이 그와 쾅 부딪치고 말았지요. 나도 모르게 새된 비명이 터져나왔어요.

　―앞 좀 잘 보고 다녀!

　물론 아파서 그랬던 건 아니에요. 그저 두려웠을 뿐이지요. 타인과 몸이 맞닿는다는 사실이 말이에요. 그가 어떤 인간인지 누가 알겠어요, 안 그래요? 그의 몸 안에 무엇이 도사리고 있을지. 그가 지나간 공기 중에 어떤 게 떠돌고 있을지. 하지만 더 황당했던 건 그 직후예요. 고개를 들어보니, 놈은 맨얼굴이더군요. 마스크도 하지 않은 벌거숭이 얼굴 말이에요! 입과 코가 다 보이는데…… 휴, 어찌나 끔찍하던지. 순간적으로 구역질이 올라오는 걸 겨우 참으며, 아픔을 느끼고 말고 할 겨를도 없이 미친 듯이 주머니를 뒤졌어요. 하필 그날따라 살균 스프레이는 암만 찾아도 없었죠. 마침내 손에 잡힌 스프레이를 들고 사방에 뿌려대는데, 드디어 그가 입을 열더군요.

　―괜찮습니까? 어디 다친 데는 없지요?

　스프레이를 뿌리다 말고, 난 멍하니 그를 쳐다봤어요. 그런 경험은 정말 너무나 오랜만이었으니까요. 마스크를 쓰지 않은 타인과 대화를 나누는, 그로테스크한 경험. 남자의 입이 움찔대며 열렸다 닫히는 모습이 슬로우모션처럼 선명하게 눈에 들어왔어요. 입술은 기분 나쁘리만치 축축하게 젖어 있었고, 그 사이에서 치아와 잇몸이 드러났다가 사라지더군요. 말할 때마다 입술 양 끝에 맺히는 침은 또 어떻고요. 문득 어떤 환상이 눈앞에 떠올라 난 몸서리를 쳤어요. 0.05마이크로미터 크기의 침방울들이 그의 열린 입에서 뿜어나오더니 하늘 높이 치솟았다가 산산이 부서지며 떨어져내리고, 계단 복도 창틈으로 새어 들어오던 태양 광선이 거기 분산되어 일곱 빛깔 무지개가 만들어졌죠! 그 작고 미세한 침방울 내부엔 살아 꿈틀거리는 RNA와 DNA의 사슬이 가득했는데, 그것들은 내가 바라보던 찰나의 순간에도 끊임없이 복제되며 증식하고 있었어요.

—이봐요, 괜찮냐고요.

그가 손을 뻗는 바람에, 난 퍼뜩 정신을 차렸어요. 동시에 화들짝 뒤로 물러서며 외쳤고요.

—지금 뭐 하는 거야? 저리 가, 저리 가라고! 괜찮다니까!

물론 나도 알아요. 침방울, 무지개 이런 것들이 실제로 보일 리 없다는 걸 말이에요. 하지만 세상엔 눈으로 확인하지 않아도 알 수 있는 게 존재하잖아요. 세균, 바이러스, 체취를 구성하는 화학 분자 같은 것들.

중요한 건, 내가 너무 세게 미는 바람에 그가 뒤로 고꾸라졌다는 사실이에요. 다행히 목이 꺾이거나 뭐 그런 끔찍한 사고가 일어나진 않았어요. 다만 그는 뒤로 넘어진 다음 곧바로 일어나질 못하고 바닥에서 팔과 다리를 휘저으며 버둥댔지요. 난 잠시 고민에 빠졌어요. 저 사람을 붙잡아 일으켜줘야 하는 걸까. 하지만 그러려면……. 결국 그를 돕기로 결심하고 주머니에서 일회용 장갑을 꺼냈어요. 그걸 손에 끼고 잡는다면 접촉하는 건 피할 수 있을 테니까요. 하지만 내가 장갑을 끼는 사이에 247은, 아니, 나중에 247이라는 걸 알게 된 그 남자는, 어찌어찌해서 몸을 가누더니 혼자 일어섰어요. 엉거

주춤 선 채 바지를 툭툭 털다 말고, 그가 나를 쳐다보더군요. 눈빛엔 놀란 기색이 역력했어요. 그가 손가락으로 내 장갑을 가리키며 이렇게 물었죠.

─설마, 날 일으켜 세워주려 했던 겁니까?

난 얼른 뒤로 손을 감췄어요. 그러고 보니 그땐 내가 잠깐 어떻게 됐던 것 같아요. 쓸데없는 친절을 베푸는 대신 서로가 최대한 멀리 떨어진 채 서 있는 게 오히려 낫다는 걸 잠시 잊었던 거죠.

─하여간 마음만이라도 그렇게 먹었다면 고마운 일이군요.

그는 악수라도 하려는 듯 손을 내밀다 말고 주춤했어요. 그러더니 무안한 듯 씩 웃더군요. 나 또한 뭐라고 대꾸해야 할지 몰라 멈칫댔어요. 어디에 눈을 둬야 할지 몰라 자꾸 두리번대면서요. 사실 쉴 새 없이 달싹거리는 입술을 보고 있는 것 자체가 고역이기도 했죠. 그런 내 눈초리에서 뭔가를 깨달았는지 남자가 옷소매로 입을 가렸어요.

─아, 미안합니다. 급한 일이 있어서 나갔다 오느라 마스크를 깜빡했지 뭐요.

그러더니 누군가 뒤쫓기라도 하듯 빠르게 계단을 뛰어올라가 사라져버리더라고요.

그가 보이지 않게 된 뒤에야 난 정신을 가다듬고 손가락과 손바닥, 옷자락, 바짓단 구석구석에 살균 스프레이를 뿌렸어요. 마지막으로 손에 한 번 더 뿌린 다음 꼼꼼히 비비고 나니 약간은 안심이 되었어요.

그런데 이제 와 돌이켜보면 그때 더 지체할 것 없이 얼른 뛰어가서 버스를 타야 했던 걸지도 몰라요. 굳이 바닥을 내려다보며 떨어뜨린 물건은 없는지 살필 필요 따윈 없었다는 거죠. 하지만 타고난 강박적 성격 탓에, 난 결국 바닥을 찬찬히 살폈어요. 그리고 그때, 그걸 발견하고야 말았고요.

좀 전에 마스크를 쓰지 않은 남자가 넘어졌던 바로 그 자리에 하얗고 동그란 데다 작고 반짝이는 뭔가가 떨어져 있더군요. 무릎을 꿇고 앉아서 나는 장갑을 낀 손으로 그 동그란 것을 주워 들었어요. 그건 알약이었습니다. 처음 보는 알약. 내가 끼고 있던 비닐장갑 위에서 그 하얀 알약은 영롱하고 오묘하게 빛나고 있었어요. 무의식적으로, 마치 뭔가에 홀리기라도 한 듯, 나는 알약을 주머니에 넣었지요. 그러고는 재빨리 공용 현관을 빠져나왔어요. 하지만 출근한 뒤엔 그 알약에 대해 까맣게 잊고 말았어요. 만약 그날 오후 병원에 가지 않았더라면, 아마 아예 영영 잊어버렸을지도 모르죠. 그날따라 일이 많아 점심도 샌드위치로 대충 때우면서 책상 앞에 붙어 앉아 있었으니까요. 그렇지만 다행히 휴대폰 알람이 울렸고, 나는 주치의와의 면담 약속을 떠올렸어요. 택시를 타고 가다 말고 주머니에 손을 넣었는데 손끝에 뭔가가 만져지더군요. 꺼내보니 그건 바로 아침의 그 알약이었어요. 마스크를 쓰지 않은 남자가 떨어뜨린 의문의 약.

11장. 천국과 지옥

누군가는 타인이 지옥이라고 했다. 잘은 모르지만 꽤 오래전 그런 말을 한 사람이 있었다는 거다. 그 말을 한 사람은 거기에 별다른 의미를 두지 않았을지도 모른다.

"일종의 문학적 비유였어. 그때는 말이야."

약사는 칼렌둘라를 우려낸 다음 찌꺼기를 망에 모으며 중얼거렸다. 사실 차 찌꺼기를 모아서 버리는 일을 그렇게까지 공들여 할 필요는 없었다. 적어도 의사가 생각하기엔 그랬다. 그러나 약사는 언제나 모든 행위와 동작에 온갖 정성을 들이는 편이었다. 바로 지금처럼 말이다. 그런 그의 습성은 곁에서 보는 이들을 불편하게 만들기에 충분했다. 동시에 묘한 안도감을 주기도 했지만. (그 안도감의 근원은, 약사가 다른 모든 행위도 그렇게 공들여 깔끔하게 해내리라는 기대감에서 비롯됐다. 그가 건네주는 약이 처방에 따라 정확하고도 위생적으로 조제되었을 거라는 믿음은, 약사가 누리는 부의 원천이기도 했다. 사람들은 그가 위생장갑을 낀 가늘고 하얀 손가락으로 날렵하고도 우아하게 건네주는 약 봉투 받기를 좋아했다.)

칼렌둘라 차 찌꺼기를 지퍼백에 넣어 잘 봉한 뒤, 약사는 김이 모락모락 피어오르는 찻잔 두 개를 들고 걸어왔다. 그는 테이블 위에 잔을 내려놓은 다음 묻지도 않았는데 말했다.

"저기, 자외선 살균기 보이지? 거기서 꺼낸 잔이야. 안심하고 마셔. 그나저나 웬일이야, 이 시간에?"

그 말을 하면서도 약사는 연신 바깥쪽을 기웃댔다. 환자가 들어오는지 살피는 거였는데, 그 모습이 이상하게 분주해 보여 의사는 약간 미안함을 느꼈다.

"바쁜데 괜히 찾아온 건가? 그렇다면 정말 미안하게 됐는데."

그러자 약사가 씩 웃었다.

"아니, 지금은 한가한 시간이야. 밖을 내다보는 건 일종의 습관이랄까."

그제야 안심한 의사가 미소지었다.

"다행이군. 그런데 아까 하던 얘기 마저 해봐. 타인을 지옥이라고 했다는 사람 말이야."

'타인=지옥'이라니. 이 기괴한 등식은, 원래 그 말을 썼던 이유가 뭐든지 간에, 요즘 상황에 꼭 들어맞는 말 아닌가.

약사가 마시던 찻잔을 내려놓으며 말했다.

"나도 잘 몰라. 어떤 작가라던데. 잠깐만 기다려봐. 찾아보면 있을 거야."

그는 의자 옆에 달린 태블릿 화면을 터치했다. 여전히 일회용 장갑을 낀 채였다.

"음, 찾았어. 타인은 지옥이다. 사르트르라는 사람이 한 말이군.

사르트르, 알지? 그러고 보니 이 사람이 《페스트》라는 소설을 쓰지 않았나?"

약사의 말에, 의사는 머뭇댔다. 《페스트》라는 소설이 있다는 건 들어봤지만, 그걸 쓴 사람이 사르트르인지 아닌지는 알지 못했다. 마침내 그는 대답 대신 다른 쪽으로 이야기를 돌렸다.

"하여간 그 작가, 전염병에 관심이 많은 사람이었나 보군. 요즘 같은 시대를 예견하기라도 한 건가?"

약사 역시 타인, 지옥, 페스트 같은 주제로 대화를 나누고 싶지 않은 듯 보였다. 그는 짐짓 바쁜 척하며 의자에서 일어섰다.

"환자가 왔군. 나가 보고 올게."

약사가 나간 다음 의사는 혼자 생각에 잠겼다. 타인이 지옥이라니. 그러나 알고 보면 타인은 지옥도 뭣도 아니다. 이런 철저한 방역이 계속 유지되고 질병이 컨트롤된다면 말이다. 이런 세상에서 타인은 있는지 없는지도 잘 알 수 없는 존재다. 당국은 언제나 철저하고한 치의 빈틈도 용납하지 않았다. 생명은 소중하고 중요하며—물론그가 100퍼센트 동의하는 것은 아니지만—이 세상 무엇보다도 존중받아 마땅한 그 무엇이라는 게, 당국이 내세우는 기치였다. 건강은 그 소중하고 중요한 생명을 유지하는 데 꼭 필요한 뼈대와 같았고, 따라서 건강을 지키는 것은 세상 그 어떤 가치보다도 우선순위에 두어야 할 금과옥조였다. 새로운 전염병 예방법은 바로 이런 가치를 전 인류가 받아들임으로써 통과될 수 있었다.

물론 모두가 처음부터 이 룰에 찬성한 건 아니었다. 지금은 믿기지 않지만 예전엔 지상 어디나 인간이 득실댔다. 사람들은 떼를 지어 몰려다녔고 길에서 담배를 피웠으며 레스토랑의 좁은 테이블에 다닥다닥 붙어 앉아 음식을 먹고 술을 마셨다. 장갑을 끼지 않고 외출하거나 맨손으로 눈을 비비는 것은 일상다반사였고 말이다. 더 놀라운 일은 그 시절엔 입과 코를 가리지 않은 남녀노소가 사방팔방으로 돌아다닐 수 있었다는 사실이다. 코로나19 팬데믹이라는 무시무시한 전염병의 시기를 보내고도 인류는 교훈을 얻지 못했다. 그들은 엔데믹이 선포되자마자 과거의 불결한 삶으로 되돌아갔다. 언젠가 어떤 다큐멘터리를 보면서 그는 그들—입을 가리지 않은 자들—의 원시적인 모습에서 묘한 감정을 느꼈다. 입과 코를 드러낸 자들은 마치 벌거벗은 것처럼 보였는데, 그런 모습 자체가 자기들이 나체인 것을 전혀 부끄러워하지 않는 야만인을 연상케 했기 때문이다. 문득 의사는 타인이 지옥이 아니라 천국에 가까운 건 아닐까 생각했다. 아무리 닿고 싶어도 닿을 수 없다는 점에서 말이다. 상상컨대 앞으로도 영원히, 어쩌면 살아 있는 동안 내내, 타인에겐 결코 가닿지 못할 것 같았다.

"그래, 사르트르인가 뭔가는 틀렸어. 타인은 천국이라고."

의사는 칼렌둘라 차를 한 모금 마시며 혼자 중얼거렸다. 자기가 만들어낸 문장이 매우 멋있게 생각되어 씩 웃기까지 했는데, 테이블 유리에 비친 그 얼굴은 기묘하게 일그러져 있었다.

약사는 바쁜지 아직 돌아오지 않고 있었다. 환자들은 언제나 질문하고 싶은 게 넘치는 존재들이었다. 이 약국에서도 그리고 자신의 진료실에서도, 그들은 자기들 몸이 어떤 상태에 처해 있는지를 최대한 상세히 알고 싶어 했고, 툭하면 온갖 끔찍한 상상을 하며 공포에 떨었다. 환자들 머릿속에서 그들의 몸은 대체로 다음과 같은 이미지였다. 기름 덩어리로 서서히 막혀가는 혈관, 과부하가 걸린 줄도 모르고 힘겹게 뛰는 심장, 등뼈 사이에서 애처롭게 눌려 삐져나온 추간판들, 산도가 pH2나 되는 위산에 반쯤은 녹아 흐물흐물해진 위벽, 언젠가는 반드시 종양 덩어리로 자라날 용종으로 뒤덮인 대장, 그리고 마지막으로 아직까진 눈에 띄지 않지만 결국엔 인간의 생명을 앗아갈 바이러스와 박테리아가 우글대는 혈액 등등등.

이곳에 온 목적이 떠오른 게 그 순간이었다.

그는 타인이 지옥인지 아닌지에 대한 대화나 나누며 한가하게 시간을 죽이려고 여기 온 게 아니었다. 조제실 유리 칸막이 너머의 약사는 이번엔 어떤 노파와 대화하고 있었다. 의사는 깡마르고 주름진 노파의 얼굴에 맞지 않는 지나치게 큰 마스크가 마음에 걸렸다. 조마조마했다고나 할까. 아니나 다를까, 노파가 뭐라고 열심히 중얼댐과 동시에 마스크는 점점 얼굴에서 흘러내려 거의 턱 아래 걸친 상태가되었다. 그때 약사가 뜻밖의 행동을 했다. "마스크 똑바로 쓰십시오"라고 말하는 대신, 장갑을 낀 두 손으로 노파의 턱에서 마스크를 끌어올려 제대로 귀에 걸어줬기 때문이다. 의사는 순간 당황했다. 어쩌면 저게 약사의 본모습 아닐까? 아무 말도 없이 한 행동이었지만 거기서 그는 이상한 온기를 느꼈다. 그가 보고 있는 사이에 약사는 일회용 장갑을 벗어 곁에 있는 쓰레기통에 던져넣고는 새 장갑을 꼈다. 그 모든 게 약사에겐 지극히 자연스러운 일상인 듯싶었다.

'그렇다면 역시 이것도?'

의사는 주머니에 손을 넣었다. 그러고는 미니 지퍼백을 꺼내 손바닥에 올려놓고 한참 동안 내려다보았다. 그것은 금지된 알약, 바로 해열제였다.

알약을 가져온 사람은 그의 오랜 환자였다. 일주일 전 종합검진을 받은 환자에게, 그는 아침 일찍 전화를 걸었다. 진료실로 한번 방문하는 게 좋겠다고 했더니, 예상대로 그는 공포에 떨었다. 환자는 거의 울 듯한 목소리로 물었다.

"그냥 비대면으로는 안 될까요?"

물론 안 될 건 없었다. 의사와 얼굴을 마주한 채 앉아 결과를 듣든 아니면 전화선 너머로 듣든, 달라질 것은 하나도 없었으니까. 하지만 그는 단호하게 안 된다고 했다. 진료실 책상 건너편에 앉아 있는 존재들이 겁에 질린 모습을 볼 때마다, 의사는 자신이 거대하게 부풀어올라 세계 전체를 꽉 채우는 느낌에 사로잡혔기 때문이다. 그건 뭐랄까, 말로 옮기기 힘든 기묘한 충만감이었다.

"안 됩니다. 직접 오셔야 합니다."

그의 명확한 어조에 환자는 얕게 한숨을 내쉬더니 알겠다고 했다.

약속 시간이 되어 환자가 왔을 때, 그는 최대한 빳빳하게 다린 새하얀 가운을 입고 미묘한 후광에 둘러싸여 앉아 있었다. 그는 이런 순간을 즐겼다. 가련한 환자에게 미래의 운명을 선고해주는 순간.

환자는 이미 떨고 있었다. 평소 겁이 많았고 지나치리만치 자신의 건강에 신경 쓰던 사람이었으니, 아마 그날 온종일 저러고 있었을 게 분명했다. 의사는 속으로 빙긋이 웃었다. 그는 의자를 당겨 앉으며 환자에게 말했다.

"자, 여기 좋은 소식과 나쁜 소식이 있습니다. 뭘 먼저 듣고 싶습니까?"

환자는 10분이 넘게 고민한 끝에 사색이 된 얼굴로 대답했다.

"차라리 나쁜 소식을 먼저 들을게요. 대신 하나도 속이지 말고, 가감 없이, 솔직하게 말씀해주시길 바랍니다."

의사는 모니터에 차트를 띄운 채 잠시 뜸을 들였다. 그러고는 곁눈질로 힐끗 본 뒤 담담하게 중얼거렸다.

"좋습니다, 나쁜 소식 먼저 말해드리지요. 검진 결과가 나왔어요. 그런데……."

"그런데……?"

"당신의 몸은 완벽하지가 않습니다. 유감이군요."

"……바이러스인가요? 그렇게 조심했는데, 결국……?"

역시 이번에도 의사는 침묵하며 시계만 봤다. 기다리다 못한 환자가 거칠게 숨을 내쉬며 가슴을 움켜쥐려는 순간, 그가 입을 열었다.

"좋은 소식은 그게 바이러스와는 전혀 관계가 없다는 사실입니다. 아니, 더 좋은 소식도 있군요. 그래도 당신의 몸은 상태가 아주 좋아요. 상위 90퍼센트 수준에 달하니까요. 근육량과 골량이 조금

부족해서 최상위 레벨에는 도달하지 못했지만 말입니다."

의사의 말이 끝나기가 무섭게, 환자는 벌떡 일어서더니 거의 환호성을 지르며 책상 너머로 두 팔을 뻗었다. 너무 기쁜 나머지 의사의 손을 덥석 움켜잡으려던 것일까. 다행히 손이 닿기 직전, 환자와 의사는 동시에 뒤로 물러섰다. 머쓱한 얼굴로 의자에 다시 앉으며 환자가 웅얼거렸다.

"미안합니다 선생님. 제가 그만 큰 실수를 할 뻔했군요. 혹시 기분이 나빴다면 양해를 부탁드립니다."

의사는 환자에게 따뜻한 미소를 지어 보였다. 평소 거울을 보며 꾸준히 연습한, 그야말로 완벽한 미소였다.

"아니, 괜찮습니다. 이해해요. 아직도 우리에겐 지나간 시절의 습관이 본능처럼 남아 있으니까요. 동물의 본능이 교정 대상이긴 해도 비난의 대상은 아니듯, 우리 몸에 새겨진 구시대의 악습 역시 비난받아선 안 된다고 생각합니다. 그리고 이건 당신에게만 털어놓는 건데…… 실은 나도 누군가와 악수하고 싶을 때가 있어요. 타인과 체온을 나누고 싶어진다, 이 말이죠."

그러나 환자는 계속해서 안절부절했다. 뭔가 이 상황을 타개할 만한 이야깃거리를 찾는 듯 두 손을 모아쥔 채 눈을 이리저리 굴리는 것 같았다.

마침내 그가 손뼉을 치며 말했다.

"맞다! 궁금한 게 있어요. 선생님은 이게 뭔지 아실 것 같은데, 한번 보시겠어요?"

환자는 주머니를 뒤적이더니 조그만 비닐팩을 꺼내 의사에게 내밀었다.

"오늘 아침 출근하는 길에 계단에서 수상한 남자와 부딪혔거든요. 아, 걱정은 마세요. 진짜로 몸이 닿은 건 아니니까요. 게다가 난 마스크도 하고 있었고(라고 떠들던 환자가 멈칫했다. 계단에서 마주쳤던 남자의 맨얼굴이 떠오른 탓이다. 그러나 그는 곧 고개를 저으며—마치 머릿속에 갑자기 떠오른 최악의 상황을 부정하듯—애써 침착하게 하던 이야기를 이어간다) 우린 꽤 멀리 떨어진 채 잠깐 대화를 나눴을 뿐이지요. 어쨌든 그 사람이 가고 난 뒤 계단을 내려가는데 바닥에 이런 게 떨어져 있지 뭔가요."

의사는 조심스럽게 종이를 펼쳤다. 안에는 하얀색 장방형의 알약한 알이 들어 있었다. 제약회사의 로고나 상품명도 새겨져 있지 않은 그저 하얗기만 한 정제. 그가 흠칫 놀라는 걸 본 환자가 만족스러운 미소를 띠며 말했다.

"역시 내 생각이 옳은 건가요? 그러니까 그건……."

의사는 환자가 더 떠들기 전에 얼른 말을 끊었다.

"아직 단정할 순 없습니다. 물론 불법 해열제일 가능성이 가장 높지만, 그렇다고 해서 성분 분석도 거치지 않고 곧바로 그쪽으로 몰아갈 순 없는 법이지요. 하여튼, 잘 가져왔습니다. 이건 당분간 제게 맡겨두는 게 좋을 것 같군요. 분석을 마치면 돌려드리지요. 그때 가서 당국에 신고해도 늦지 않을 테니까요."

굉장한 일이라도 해낸 양 당당하게 진료실 밖으로 나가는 환자의 뒷모습을 의사는 가만히 보고 있었다. 엘리베이터 문이 닫히는 소리가 어렴풋이 들려온 다음엔 굳이 창가로 가서 환자가 버스정류장 쪽으로 사라지는 것까지 지켜보았다. 그런 뒤엔 창을 닫고 블라인드를 내린 후 서둘러 겉옷을 걸쳤다. 진료실 문을 밖에서 잠그다 말고 그는 의아한 얼굴로 보고 있던 직원에게 말했다.

"오늘 진료는 이걸로 끝이야. 급한 일이 생겨서 말이지. 먼저 갈 테니 뒷정리 잘하고들 퇴근하라고. 알겠지?"

건물 밖으로 나온 의사는 대기하고 있던 택시에 올라타 곧바로 약국으로 향했던 것이다.

12장. 파라세타몰

"아직도 그거 만들어?"

약사가 상담을 마치고 안쪽으로 들어왔을 때 의사는 아무렇지도 않은 듯 물었다. 그러면서 곁눈질로 약사를 힐끗 살폈는데, 의외로 그는 눈 하나 깜짝하지 않은 채 고개를 저었다.

"뭘 말하는 거지? 만들다니?"

"그거 말이야. 파라세타몰."

그러면서 의사는 턱짓으로 조제실 뒤편 어딘가를 가리켰다.

어느 날 진료를 일찍 끝내는 바람에 시간이 남아돌게 되었을 때 그는 오랜만에 약사와 술이라도 한잔해야겠다고 생각했다. 전화를 걸었지만 받지 않아서, 그는 그냥 약국으로 무작정 찾아갔다. 가서 깜짝 놀라게 해줄 계획이었던 거다.

하지만 약국 문을 열고 들어갔을 때 안에는 아무도 없었다. 직원들은 모두 퇴근했는지 보이지 않았고 약사는 약국을 비워놓은 채 어디론가 간 것처럼 보였다. 처음에는 환자용 의자에 앉아서 약사가 올 때까지 기다리려고 했다. 하지만 곧 이상한 호기심이 마음속에 피어올랐고, 그래서 자기도 모르게 조제실로 걸어 들어갔다.

조제실은 평소와 달리 어지러웠다. 약병 두어 개가 뚜껑도 제대로 닫히지 않은 상태로 뒹굴고 있었고 약장 하나는 아예 반쯤 앞으로 당겨진 채 45도 각도로 비뚤게 놓여 있었다. 그는 약사에게 무슨일이 생긴 건 아닌가 걱정했다. 어떻게 해야 할지 생각하며 잠시 서있는데 그때 갑자기 약사가 눈앞에 불쑥 나타났다.

"으악!"

약사는 그를 보자마자 소리를 질렀다. 물론 의사도 놀라긴 마찬가지였다.

그는 친구에게 물었다.

"어디 있던 거야? 설마 저기서……?"

그는 자기가 본 것을 믿을 수 없어서 눈을 비볐다. 약사가 45도 각도로 당겨져 있던 약장 뒤에서 스르르 나왔으니 말이다. 대체 저 뒤에서 무엇을 하고 있었던 걸까.

궁금한 마음에 약장 뒤쪽을 살펴보려는 그를 약사는 필사적으로 막아섰다.

"아무것도 아니야. 중요한 서류가 저 밑으로 날려 들어가서 약장을 밀고 그걸 꺼내던 참이었다고."

하지만 이미 그는 약장 뒤를 보고 말았다. 그게 단순한 약장이 아니라 일종의 출입구이며 그 뒤에 숨겨진 작은 공간에서 직전까지도 약사가 무언가를 하고 있었다는 사실을 알게 되었다는 뜻이다.

약사는 조제실 뒤 비밀 공간에서 사제 알약을 제조하고 있었다.

약장 뒤 공간에는 어디서 구했는지 소형 타정기가 한 대 놓여 있었고, 선반에는 약을 만드는 데 필요한 원료, 예를 들자면 아미노페놀이나 염산 같은 것들이 가지런히 정리돼 있었다. 그리고 그 옆 탁자엔 증류관, 알코올램프, 메스실린더와 비커가 어수선하게 흩어져 있고.

의사는 어안이 벙벙하여 물었다. (그는 공기 중에 떠도는 냄새를 맡고 약사가 몰래 만들어내는 약의 정체를 눈치챘다. 약사는 금지된 약물, 즉 파라세타몰을 합성하고 있었던 거다.)

"대체 왜 이런 불법을 저지르는 거지?"

약사는 한동안 침묵하더니 모든 걸 포기한 표정으로 자초지종을 설명했다.

"일단 오해는 하지 말았으면 좋겠어. 내가 돈을 벌려고 그랬다거나 얄팍한 박애주의 뭐 이따위 것들 때문에 이런 짓을 저질렀다고 생각하진 말라는 뜻이야. 그냥 그러고 싶었어. 너도 알잖아. 지금의 시스템에선 정상적인 루트로는 결코 해열제를 구할 수 없는 사람들이 있다는 것을. 한 달 전쯤인가, 어떤 남자가 와서 처방전 없이 해열제를 살 수 없느냐고 사정했어. 그는 불법체류자인데, 다른 도시에 사는 아내(짐작하겠지만, 아내 역시 불법체류 상태였어)를 만나러 가야 한다고 했어. 거기까지 갈 기차표도 다 끊어두었는데, 갑자기 열이 나기 시작한다는 거야. 자네도 알다시피 이제 해열제는 아무나 구할 수 없는 약이잖아. 반드시 혈액검사를 받고, 모든 걸 기록한 다음에야 처방받을 수 있지. 예전에 마약류 처방을 낼 때보다 지금 해열제 처방을 내는 과정이 더 깐깐하다고. 하여간 문제는 그거였어. 불체자인 그가 해열제를 처방받을 길이 없다는 거. '아내를 만나러 다른 도시에 가려면 기차역에 있는 수십 개의 열 감지 센서를 통과해야 하는데, 저 좀 도와주세요.' 그는 거의 울먹이더군. 난 '그러면 당신 아내가 이 곳으로 오면 되는 거 아닌가요?'라고 했는데 그가 고개를 푹 숙이며 말하더라고. '아내 역시 미열에 시달리고 있어요. 맹세코 아내가 뭔가에 감염된 건 아니에요. 정말입니다. 며칠 전부터 그냥 몸살기가 있을 뿐이고…… 그게 걱정되어 가보려고 기차표를 끊어둔 건데, 하필이면 나도 열이 나기 시작한 거죠.' 그 말을 듣는 순간, 피식 웃음이 나더군. 예전 같으면, 그러니까 그 빌어먹을 해열제 관리법안이 시행되기 전에는 그냥 몇천 원만 내고 약을 사서 먹으면 해결됐을 일이, 이젠 존재 자체를 걸고 벌이는 아슬아슬한 모험으로 뒤바뀐 것에 대해서 말이야. 다시 한번 말하지만 그를 동정하거나 돕고 싶었던 게 아니야. 그냥 이 엿 같은 상황이 짜증났던 거지. 그때 문득 머릿속에 아이디어가 떠올랐어. 그래, 까짓것 만들어주면 되잖아. 자네도 알겠지만 파라세타몰쯤이야 대충 합성해서 만들기도 쉽고. 난 그 외국인에게 일주일 후에 다시 오라고 했어. 어떻게든 약을 구해보겠다고 약속했지. 그가 나간 다음 난 후배를 통해 실험실에서 폐기하려던 타정기를 구하고, 약 만드는 데 필요한 몇 가지 원료도 가져왔어. 그러고는 7일 후에 다시 온 외국인에게 파라세타몰을 건네줬지. 그는 떨리는 목소리로 묻더군. '정말 고마워요. 그런데 얼마를 드리면 될까요?' 나는 돈은 받지 않겠다고 말했어. '조건은 단지 하나, 비밀을 지켜달라는 것입니다.' 이렇게 대답했을 뿐이지. 하지만 그 후로도 몇 명의 사람이 더 와서 나에게 해열제를 받아갔어. 남자는 비밀을 지켰지만 동시에 자기 주위에 있는 비슷한 처지의 이들에게 슬쩍 귀띔을 해줬던 거야. 나 또한 그게 싫지는 않았어. 너도 알겠지만 이건 정말 아무것도 아니잖아. 그저 열을 내리는 알약일 뿐이야. 그런데 혹시 있을지 모를 바이러스 보유자를 색출하기 위해 이런 말도 안 되는 시스템을 강요한다는 게 구역질 나서 견딜 수가 없었거든. 하여간 나는 사제 해열제를 만들어주는 일에 묘한 쾌감마저 느꼈어. 아무도 모르게 파라세타몰을 건네줄 때면 저기다 대고(그러면서 약사는 멀리 보이는 도시 중심부의 거대한 전광판을 가리켰다. 거기엔 WCDC의 공익광고가 떠 있었는데, 활짝 웃는 아이들의 얼굴과 함께 '열이 있는 사람을 신고하세요. 인류의 건강과 안전이 당신 손에' 같은 말들이 현란하게 명멸하고 있었다) 가운뎃손가락을 세워 보이는 기분이었으니까. 그래, 알아. 안다고. 네가 뭘 걱정하는지. 나도 이런 위태로운 짓거리를 계속할 마음은 애초부터 없었어. 솔직히 말하면 원료를 구하기가 점점 힘들어지고 있거든. 당국은 몰래 이루어지는 해열제 합성을 막기 위해 약품 원료의 유통까지 철저하게 관리하려는 계획을 세운 것 같아. 그래서 이건, 이따 밤에 올 누군가에게 건네줄 마지막 해열제라고 보면 될 거야. 정말이라고."

약사는 가운 주머니에서 작은 약병을 꺼내더니 조제대 위에 내려놓았다. 안에는 장방형의 흰색 정제가 스무 알 정도 들어 있었다. 뚜껑을 돌려 열자 아직 완전히 휘발되지 않은 아세트산 냄새가 코를 찔렀다.

의사로서 그리고 한 사람의 양식 있는 시민으로서, 그는 곧바로 당국에 약사를 신고해야 한다는 것을 알았다. 하지만 그런 다음엔 뭘 어떻게 한단 말인가. 약사가 면허를 박탈당하고 격리된다 해도 또다시 누군가는 알약을 만들어낼 것 아닌가.

그는 약병 뚜껑을 닫아 도로 건네며 말했다.

"좋아, 나는 오늘 아무것도 못 본 거야. 알지? 다만 약속은 해줬으면 좋겠어. 네 말대로 이게 마지막 합성이라고."

그러자 약사도 말없이 고개를 끄덕였고, 이후로 둘은 약장 뒤 비밀 공간에 대해 더는 한마디도 나누지 않았다.

환자가 계단에서 주웠다며 내민 새하얀 알약을 봤을 때, 의사의 얼굴은 창백하게 변했다. 그는 약사가 타정기로 찍어낸 파라세타몰의 독특한 형태를 기억하고 있었고, 환자의 손바닥 위에 있는 알약이 그것과 똑같이 생겼음을 알았다. '뭐야, 아직도 이걸 만들고 있다니.' 의사는 속으로 중얼거렸고, 곧바로 진료실 문을 닫았다. 한가로이 앉아 환자들이나 만나고 있을 때가 아니었기 때문이다. 만약 약사의 비밀 제조 행위가 당국에 발각된다면, 그걸 숨겨줬던 자신도 위험해질 게 확실하니까. 진료실 의자 옆에 걸린 겉옷을 걸칠 때 그의 손이 그렇게도 심하게 떨린 건 바로 그런 이유에서였다.

의사는, 아무 대답도 하지 않은 채 딴청을 피우는 약사의 눈앞에 작은 비닐백에 담아 온 파라세타몰을 흔들어 보였다.

"이래도 모른 척할 거야? 오늘 오후에 내 환자 중 하나가 이걸 가지고 와서 뭔지 아느냐고 묻더군. 아무래도 불법 해열제 같다면서 말이야. 내가 얼마나 놀랐는지 알아? 만약 당국에서 알게 되면 너도 너지만 나까지 끝장이라고. 그동안 왜 신고하지 않았는지 추궁하겠지! 그래서 하는 말인데, 지금이라도 솔직하게 다 얘기해줘. 그동안 대체 무슨 일이 있었는지. 왜 불법체류자도 아닌 사람이(그 환자가 알려주더군. 자기가 사는 아파트는 신분이 명확한 이들만 입주할 수 있는 곳이라고) 네가 만든 해열제를 몰래 갖고 다니는 건지."

얼마 후 약사가 나지막한 한숨을 내쉬었다.

그는 모든 걸 다 이야기해주겠다고 했다. 다만 그 전에 먼저 오후 일과를 마쳐야 하니 그때까지만 기다려달라고 부탁하더니 조제실 밖으로 나가는 것이었다.

의사는 알겠다고 대답했다. 그의 심장이 점점 더 심하게 뛰고 있었다.

13장. 열(熱)

처음 WCDC가 해열제를 금지 약물로 지정하려고 했을 땐 찬반이 극렬하게 갈렸다. 지금이야 이 조치가 너무나 당연하고 심지어는 훌륭하게 보이기까지 하지만, 법안이 발의되던 당시엔 말도 안 된다는 의견이 대부분이었다. 도대체 그렇게까지 해서 우리가 얻을 수 있는 게 뭐란 말인가. 어디가 아프거나 갑자기 열이 날 때 누구나 한두 알씩 아무렇지도 않게 삼키던 해열제를 아편이나 LSD, 담배 같은 유해 약물과 동급으로 엮으려 하다니.

그러나 WCDC는 차분하게 논리적으로 그리고 무엇보다도 과학적으로, 이 조치가 반드시 필요하다고 주장했다. 열이란 무엇인가. 그것은 몸의 온도가 정상 체온보다 높은 상태를 의미한다. 비록 우리는 자신이 무슨 질병에 걸렸는지, 어떤 종류의 바이러스나 박테리아에 감염됐는지 모른다 해도, 열이 나는 상황을 통해 뭔가 문제가 있음을 직감하게 된다. 그렇다. 열은 인간의 몸에 어떤 외부 생물이 침입했음을 알리는 가장 정확한 표지자인 것이다. 모든 건물의 출입구에 열화상 카메라를 설치하는 이유도, 바로 '열'이라는 표지자를 통해 인간의 생명을 위협할 수 있는 미생물에 감염된 이를 찾아내 모두에게 확산시키는 것을 막고자 함이 아니던가. 하지만 이제 그런 시스템은 궁지에 몰려 있다. 열을 감추는 자들이 점점 많아지고 있기 때문이다. 약국, 편의점, 하다못해 지하철역 매점이나 길거리 가판대에서까지 팔고 있는 온갖 종류의 해열제들. 미생물에 감염된 이들은 보건당국에 스스로 신고하고 적절한 검사와 치료, 격리조치를 받는 대신 해열제를 삼킨 채 멋대로 돌아다니길 택한다. 그러는 사이에 그들, 감염된 자들이 내뿜는 바이러스와 세균은 공기를 타고 멀리멀리 퍼져나가 또다시 온 인류의 머리 위로 죽음의 그림자를 드리우는 것이다.

기괴하리만치 피해망상적인 WCDC의 의견은, 그런데 또 묘하게 설득력이 있었다. 그래, 해열제만 없다면! 그 약물을 아무나 함부로 사 먹을 수 없도록 금지한다면, 누구도 자신의 체온이 정상보다 높다는 것을 숨기지 못하리라. 불면증에 잠 못 이루는 이들이 신경안정제를 처방받듯, 말기암의 극심한 통증에 시달리는 환자들이 모르핀 주사를 맞듯, 열이 난다면 정당하게 병원을 방문하여 자신에게 위험한 바이러스나 세균이 없음을 확인받고 해열제를 복용하면 되는 것 아닌가. 아아, 그런 투명한 세상이라니.

조금만 더 밀어붙인다면, 그러니까 WCDC가 엄청나게 많은 예산을 풀어 대대적으로 홍보하고, 어차피 손해 볼 것 없는 각국 정부가 동조해준다면, 해열제를 '특수 중점 관리 의약품'으로 지정하고 아무나 먹을 수 없게 만든다는 원대한 꿈은 현실이 될 것이었다.

하지만 갑자기 복병이 나타났다.

WCDC의 조치에 반대하는 사람들이 분노하여 집 밖으로 뛰쳐나왔던 거다.

그들은 마스크를 벗어던지고 사방에 돌과 화염병을 던지며 외쳤다. 우리에겐 자유가 있다. 해열제를 먹을 자유. 마음대로 두통약을 사 먹을 자유. 아니 무엇보다도 저 거지 같은 안면인식 열화상 카메라 따위에 얼굴을 찍히지 않고 여기저기 돌아다닐 자유.

시위대의 규모는 날이 갈수록 커졌는데, 마치 깊고 깊은 땅속에서 수억 년 동안 부글부글 끓어온 용암이 한꺼번에 솟아오르는 것 같았다. 그들이 휩쓸고 간 거리는 찌그러진 자동차, 깨진 블록, 돌멩이, 부서진 채 반쯤 타버린 화염병, 찢기고 짓밟힌 마스크로 뒤덮였다. 이대로라면 WCDC도 항복하고, 세계는 오래전의 어떤 시대, 그러니까 아무도 마스크 같은 건 하지 않고 서로 아무렇지도 않게 악수하고 볼을 비비며 인사하던 야만의 시절로 되돌아갈 게 확실했다. 그런데 그때 그 일이 일어난 것이다.

그날도 시위대는 도시 중심가를 가득 메운 채 언제나처럼 "자유가 아니면 죽음을 달라"라고 외치며 걷고 있었는데, 그때 맨 앞에 있던 남자가 갑자기 무릎을 꿇었다. 그는 항상 선두에 서서 군중을 진두지휘해온 일종의 리더 같은 사람이었다. 리더가 무릎을 꿇으며 바닥에 주저앉는 것을 보고 뒤에 따라오던 이들은 당황했다. 혹시 리더가 겁을 먹은 건가? 5미터쯤 앞쪽에 물대포를 겨눈 진압 경찰들이 일렬로 서 있는 광경을 보고? 잠깐의 적막 후 누군가가 휘파람을 불었다. 일어나 리더, 뭐 하는 거야? 일어나서 앞으로 나아가자고. 휘파람 소리 사이로 이런 외침이 들려오기도 했지만 리더는 계속해서 무릎을 꿇고 앉아 있더니 급기야는 머리를 앞으로 수그리며 콘크리트 바닥에 엎드리고 말았다. 시위대로부터 정확히 5미터 떨어진 채 바라보던 경찰들도 당황하긴 매한가지였다. 대체 뭐 하는 거지? 무슨 꿍꿍이를 꾸미는 거냐고. 그들은 서로 눈을 마주치며 이 기묘한 상황을 지켜보았다. 헬멧에 방패까지 든 경찰 중 한 명이 "저거 봐. 피잖아. 피가 흐른다고!"라고 소리칠 때까지.

알고 보니 리더는 무릎을 꿇고 앉은 게 아니라 쓰러지지 않기 위해 안간힘을 쓰며 버티고 있던 거였다. 더는 견딜 수 없게 됐을 때 그는 바닥에 철퍽 쓰러졌는데 그때 이미 코와 눈, 입에서는 피가 흘러내리고 있었다. 하필 넘어지며 양팔을 쫙 펼쳤기에, 드론이 위에서 내려다보며 찍은 리더의 사진은 십자가에 매달린 예수 같았다.

곧이어, 그게 신호탄이기라도 한 듯, 뒤에 서 있던 사람들도 차례로 쓰러지기 시작했다. 그들은 리더처럼 무릎을 꿇고 버티지도 못하고 그냥 마구 넘어졌다. 결국 겹겹이 쌓인 사람들이 성벽 같은 기묘한 형태를 이루었고, 그들의 눈과 귀, 코에서 흘러내린 피가 바닥을 흥건히 물들였다. 경찰은 방패를 한 줄로 세워 든 채 한 발짝씩 뒤로 물러섰다. 헬멧 너머로 보이는 그들의 얼굴은 창백하게 질려 있었다. 이런 광경은 생전 처음 보는 것이었으니 말이다. 이렇게 많은 사람들이 아무 이유도 없이 쓰러져 차곡차곡 쌓이는 광경. 그들이 피를 뿜어내는 장면은 거대한 지옥도를 연상케 했다.

얼마 후 하얀 방호복을 입은 요원들이 도착했다. 그들은 두려움에 떨고 있는 경찰과 아직 쓰러지지 않은 시위대에게 말했다. 돌아가세요. 여기서 최대한 멀리 떨어지란 말입니다. 아니, 잠깐. 그냥 가버리면 안 됩니다. 이 거리 입구에 차량이 대기 중입니다. 그 안에 간이 검사소가 마련되어 있어요. 들어가서 검사를 받아야 합니다. 몰래 집으로 갈 생각은 꿈도 꾸지 마십시오. 저기, 하늘을 보라고요. 보이죠? 저 정밀한 드론이 여기 있는 모든 이의 얼굴을, 하다못해 눈썹 아래 난 점까지 다 나오도록 생생하게 찍고 있으니까요. 만약 검사를 받지 않고 몰래 돌아간다면 드론에 찍힌 정보를 이용해 다 찾아내서 응당한 대가를 치르게 할 겁니다. 아시겠지요?

겁에 질린 경찰과 남은 시위대가 떠난 다음 요원들은 쓰러진 사람들에게로 향했다. 신음, 절규가 난무하는 가운데 이미 죽은 이들도 꽤 여럿 있었다. 요원 중 우두머리로 보이는 자는 특히 리더의 상태에 관심이 많았다. 그는 양팔을 벌린 채 엎어져 있는 리더를 똑바로 눕혔다. 손가락을 목에 대보니 맥박이 느껴지지 않았다. 죽었군. 죽고 말았어. 그런데 어떻게 이렇게 빠르게 진행될 수 있지? 그는 리더의 눈꺼풀을 뒤집어보았다. 그런 다음 허리춤에 매고 있던 작은 비닐백에서 키트를 꺼냈다. 리더의 목과 코를 면봉으로 긁어내 문질렀지만 키트엔 아무 반응도 나타나지 않았다. 요원은 고개를 갸우뚱했다. 방호복 안으로 보이는 그의 얼굴에서 식은땀이 흘러내렸다. 그럴 리가. 이 키트에 잡히지 않는 병원균이 있다니. 그는 비닐백에서 두 번째 키트를 꺼냈다. 어쩌면 방금 사용한 키트가 불량품일지도 몰랐다. 요원은 떨리는 손으로 리더의 목과 코를 훑었고 키트에 문질렀다. 역시 아무 변화도 일어나지 않았다. 그가 황망한 표정으로 일어서는데, 다른 요원이 저쪽에서 황급히 달려왔다. 그리고 또 다른 요원도. 순식간에 그의 주위엔 사방에서 달려온 당황한 표정의 요원들로 그득해졌다. 그들은 하나같이 키트를 손에 쥐고 있었고, 그 믿을 수 없는 결과에 떨고 있었다. 변종 니파바이러스가 처음으로 출현하던 날의 일이었다.

시위대가 있던 광장은 곧바로 폐쇄됐다. 죽은 자들은 보디백에 담겨 WCDC로 이송됐다. 시체에서 떼어낸 검체는 바이러스 검사를 위해 연구소로 보내졌고, 이제 남은 것은 죽은 자들의 내부를 들여다보는 것뿐이었다.

가장 먼저 쓰러졌던 리더가 해부대 위에 올랐다. 그의 벌거벗은 몸은 창백했고 여기저기 멍처럼 보이는 푸른 얼룩이 있었다. WCDC 소속 위원들은 그 희고 핏기 없는 몸을 빙 둘러싼 채 내려다보았다. 그들 모두 공기 분자 하나 새어들지 못할 방호복으로 중무장한 상태였다.

"새로운 병원체가 출현했군요."

긴 침묵 끝에 위원 중 누군가가 선창하듯 말했고 다들 고개를 끄덕였다.

며칠 뒤, 웬만한 도시 중심부에는 모두 설치된 커다란 전광판에 한 사람의 얼굴이 떠올랐다. WCDC의 수장이었다. 그는 특유의 무표정한 얼굴로 느릿느릿 말했다.

"그들—시위대—을 죽음으로 몰고 간 병원체의 정체가 거의 밝혀졌습니다. 그것은, 그래요, 이번에도 역시 바이러스입니다. 오래전 극히 일부 지역에서 짧은 기간 유행했던 니파바이러스의 돌연변이체라고 하면 되겠군요. 아직 100퍼센트 결과가 나온 건 아니지만 이것 하나는 확실합니다. 이 돌연변이 바이러스는 지금까지 우리가 알고 있던 그 어떤 바이러스와도 완전히 다른 존재라는 것입니다. 본래의 니파바이러스보다도 수십, 수천 배 더 강력하고 광포하게 변해버린 끔찍한 변종이지요."

가던 길을 멈춘 채 전광판을 바라보던 사람들은 긴 한숨을 내쉬었다.

—또?

—다시 시작인 거야?

—끝난 지 얼마나 됐다고.

그때 WCDC의 수장이 좀 전보다 훨씬 더 어두운 목소리로 모두를 내려다보며 말했다.

"우리는 과거의 비극을 다시 되풀이해서는 안 됩니다. 이번에는 인류가 바이러스를 먼저 공격하여 물리칠 겁니다. 감염원이 될 만한 모든 것들에 대한 통제, 필요하다면 도시 또는 국가 전체를 봉쇄하는 일도 마다하지 않겠다는 뜻이지요. 그 긴급조치의 일환으로 이

시각부터 모든 해열제가 특수 중점 관리 의약품으로 지정됨을 통보합니다. 아무도, 그 어떤 이유로도, 의사의 처방 없이 해열진통제를 구입할 수 없습니다. 만약 열이 난다면 각 지역 센터에서 검사부터 받으십시오. 치명적인 바이러스나 세균에 감염되지 않았다는 게 입증되면, 여러분은 해열제를 처방받게 될 것입니다. 다시 한번 말하지만, 이제 바이러스나 세균에 감염된 것을 숨기고 도시 곳곳의 열 감지 센서를 통과하는 일은 불가능하게 되었습니다."

14장. 손에 손잡고

장면1.

지구방위군 청사를 방불케 하는 WCDC 본부 앞에 수많은 사람들이 모여 있다. 그들이 흔드는 깃발과 플래카드엔 살벌한 구호가 난무한다. 슈퍼전파자를 찾아내 지구 밖으로 보내자. 죽고 싶으면 혼자 죽어라. 하나뿐인 생명, 우리가 지킨다. 등등.

그중에서도 한 어린 여자아이가 꼭 쥐고 있는 종이가 눈에 띈다.

―엄마, 나는 살고 싶어요.

다시 한번 아이의 둥근 눈망울이 클로즈업된다.

곁에선 아버지인 듯한 히피풍의 남자가 격앙된 목소리로 외치고 있다.

"다수를 위해 한 사람이 희생해야 하는 거 아닌가요? 물론 그자에겐 미안한 일이지만 그래도 어쩔 수 없잖아요. 모두가 살기 위해선 결단을 내려야 한다고요."

남자는 여기까지 말하고 긴장된 표정으로 사방을 둘러본다.

"어쩌면, 지금 이렇게 시위를 하는 순간에도 여기 어딘가에 슈퍼전파자가 숨어 있을지도 몰라요. 숨어서 사방팔방으로 변종 바이러스를 흩뿌리며 사악하게 웃고 있겠죠. 놈은 괴물이라고요! 우릴 다 죽게 할 끔찍한 숙주!"

갑자기 아이가 자지러지게 울부짖는 소리가 들려온다. 그리고 공포에 가득 찬 눈동자들.

장면2.

—자막: 백신과 치료제 개발을 위한 자발적 모금 운동이 전 세계적으로 일어나다.

"이 아이를 위해서입니다."

유모차에 아기를 태우고 금반지를 기부하러 나온 한 젊은 부부. 이렇게 말하며 거룩한 눈초리로 하늘을 올려다본다.

"인류의 미래를 위해서죠. 아이들은 우리의 미래니까요."

이어지는 리포터의 질문.

"만약 백신이 개발된다고 해도 모두가 다 같이 먼저 맞을 수는 없습니다. 그렇다면 그때 당신들은 어떤 선택을 할 건가요?"

이때 클로즈업되는 천진난만한 아기의 얼굴.

"즉 백신 접종이 가능해졌을 때 당신들이 우선 접종자가 될 수 없다면…… 그래도 이렇게 반지를 내놓을 수 있나요?"

젊은 부부는 잠시 서로의 얼굴을 쳐다본다.

그리고 이어지는 남자의 목소리.

"물론입니다. 인간은 자기 자신만을 위해 살아가는 이기적 존재가 아니니까요. 지금 내놓는 이 반지가 백신과 치료약을 만드는 데 쓰이고, 그래서 반드시 우리가 먼저 선택받지 못한다 해도 인류가 살아남고 세상이 더 건강해질 수 있다면, 우린 행복할 겁니다."

갑자기 모두의 뒤에서 날아오르는 하얀 비둘기 떼.

리포터의 눈에 눈물이 고인다.

클로즈업된 눈물방울.

거기 비치는 무지개.

눈물방울은 서서히 확대되어 태양계가 되고 다시 점점 멀어지며 푸른 지구를 내려다본다. 멀리 어디선가 고전적인 노래가 흘러나온다.

"손에 손잡고 벽을 넘어서……."

15장. 바보들의 배

병리학자는 긴 한숨을 쉬며 앞에 놓인 검체를 내려다보았다. 광장에서 해열제를 금지 약물로 지정하는 조치에 반대하다가 갑자기 쓰러졌다는 시위대 리더의 시체에서 채취한 것이었다. 물론 이미 여러 명의 저명한 과학자들이 입회한 가운데 간단한 검사는 끝낸 상태였다. 그들은 리더의 부어 있는 뇌와 파열된 폐를 보고 니파바이러스의 변이종에 감염된 게 확실하다고 결론지었다. 병리학자가 할 일은 리더를 순식간에 죽음으로 몰고 간 바이러스의 정확한 정체를 밝혀내는 것이었다.

WCDC의 병리연구소는 강원도의 중소도시인 W시에 있었다. 도대체 왜 세계질병통제센터의 병리연구소가 한국의 작은 도시 외곽에 자리 잡았는지 알기 위해서는 그간 일어났던 역사적 사건들을 순차적으로 이해할 필요가 있다. 이제는 누구도 입에 올리기를 꺼리지만 2020년 지구를 휩쓴 팬데믹 시절에, 미국의 질병통제예방센터는 전세계를 아우르는 전염병 관리 센터가 필요하다고 주장했다. 미래에는 점점 더 많은 바이러스가 창궐할 테고 팬데믹은 시도 때도 없이 나타날 텐데 그 모든 사태에 선제적으로 대응하려면 WHO만으로는 역부족이라는 게 그들의 의견이었다. 누군가는 거기에 백신 패권주의, 다국적 제약기업의 이익 추구 같은 것들이 깔려 있다고 의심했지만, 결국 그 주장은 받아들여졌고 세계의 여러 도시들이 WCDC의 제2청사가 들어설 후보지로 거론되었다. 그중에 쟁쟁한 대도시들도 있었는데 뜬금없이 대한민국 강원도의 W시라는 작은 도시가 선정됐을 땐 모두 놀랐다. 그러나 W시가 코로나19 팬데믹이 발발하기 훨씬 전부터 '세계의 의료와 건강을 선도하는 Health City'라는 모토로 도시를 홍보해왔고 각종 세제 혜택을 줘가며 유명한 제약기업을 유치하는 데 총력을 기울여왔음을 감안하면 그리 이해 못할 일도 아니긴 했다. 어쨌든 이런 연유로 역사적인 팬데믹이 종말을 고한 얼마 뒤 W시엔 세계질병통제센터의 제2청사 건물이 들어서게 되었다. 처음엔 도시 전체가 축제 분위기였고 거리 곳곳에 "경축. WCDC 제2청사 유치 성공!" 따위의 문구가 적힌 현수막이 걸려 있었지만, 시간이 지나면서 흥분은 가라앉았다. 게다가 건물이 완공된 후엔 오히려 사정이 더 안 좋아졌다. WCDC의 주요부서는 W시로 옮겨올 생각이 눈곱만큼도 없었고, 거대한 성채 같은 회색 건물은 반쯤은 텅텅빈 채 도시 외곽에 덩그러니 서 있었으니 말이다.

병리학자는 창가로 가서 물끄러미 밖을 내다보았다. 건너편 공터에선 또 다른 공사가 한창 진행 중이었다. WCDC가 발주한 미술관 겸 공연장 신축 공사였다. "마음이 건강해야 몸도 건강한 것 아니겠습니까?" 착공식에서 WCDC 대변인은 이렇게 말했지만, 남아도는 예산을 어떻게든 써버리기 위해 벌인 일이라는 소문이 이미 파다한 상태였다. 코로나19 팬데믹 이후 센터는 블랙홀처럼 돈을 빨아들이며 걷잡을 수 없이 몸집을 키웠다. '어쩌면 세상의 모든 정부 위에 WCDC가 군림하는 게 아닐까?' 그는 창틀을 짚고 선 채 중얼거렸다. 세계질병통제센터는 무시무시한 힘을 손에 쥐고 있었다. 만약 누군가를 영원히 이 세계에서 몰아내고 싶으면 그에게 "당신에게 치명적인 바이러스, 혹은 세균이 있습니다"라고만 선고하면 되는 거니까. "하지만 그 사람에게 바이러스나 세균이 없다면요?" 언젠가 사석에서 사람들과 농담을 나눌 때 순진하게도 이런 질문을 하는 이가 있었다. 그때 병리학자는 아무 말도 하지 않았지만 속으로는 이렇게 대답했다. 그거야 만들면 되는 거지요. 바이러스나 세균을 말이에요. 아주 쉽습니다. 정말 식은 죽 먹기라니까요. 그는 오래전 언젠가 (아마도 중세시대에) '바보들의 배'라는 선박이 있었다는 사실을 떠올렸다. 그땐 도시의 미치광이들을 배에 태워서 바다로 멀리 떠나보냈다. 그 배를 타고 간 정신병자들이 과연 어떤 최후를 맞이했을까. 그걸 아는 이는 아무도 없었다. 당연히 고래에게 먹혔거나 배 위에서 굶어 죽었겠지. 그 관행—정신에 문제가 있는 이들을 어딘가에 영원히 격리하는 관행 말이다—은 바로 얼마 전까지도 계속됐다. 생각보다 많은 사람들이 느닷없이 나타난 하얀 구급차에 실려서 강제로 정신병원에 갇혔으니까. 물론 이제는 그런 일을 함부로 벌이지 못한다. 정신병자에게도 반론의 기회가 주어지고 아무도 타인을 함부로 가두지 못하도록 법이 바뀐 덕분이다. 그래서였을까. 바이러스나 세균이라는 단어로 누군가를 혹은 어떤 도시나 국가를 완벽하게 봉쇄하고 격리할 수 있도록 세상이 바뀌어버린 것은? 사람들은 격리와 봉쇄를 가장 두려워했다. "당신 몸에서 바이러스가 발견됐습니다"라고 통보받는 순간, 그들은 단 한 마디의 항변도 하지 못한 채 곧바로 격리센터로 끌려가야 했다. 적어도 예전엔, 그러니까 바보들의 배에 실려 추방되거나 정신병원에 강제로 입원되는 경우엔 동정이라도 받았다. 하지만 바이러스나 세균에 감염된 사람들의 격리는 완전히 달랐다. 아무도 확진자를 동정하지 않았으니까. 그게 무엇이든, 치명적인 병균을 가지고 있다는 사실 자체가 악(惡)의 증거였다. 확진자들은 이기적이고 사악한 존재였다. 모두가 건강과 위생을 위해 조심하고 있을 때 규율과 규칙을 지키지 않고 멋대로 돌아다니며 아무렇게나 산 사람들. 동정과 위로의 몸짓으로 누군가의 어깨나 등을 토닥이는 행위는 언젠가부터 인류에게서 아예 사라져버리고 말았다.

그리고 지금 병리학자는 한 젊은이에게 바로 그런 선고를 내리려는 참이었다. 그의 몸에서 채취한 검체가 바이러스로 가득하고 따라서 그 젊은이는 사악하기 그지없으며 이 모든 것이 사회의 보건 위생 수칙을 따르지 않은 무모한 삶의 대가라는 것을 널리 알리는 선고. 그 선고를 지켜보는 이들은 공포에 떨 것이고, 젊은이의 부어오른 뇌와 망가진 폐 사진을 보며 경각심을 가질 게 확실했다. 그러고는 마스크를 더 반듯하게 쓰면서 사람이 많이 모이는 곳을 피해 다니겠지.

"시작할까요?"

옆에 서 있던 조수가 말했다. 그는 병리학자가 툭하면 어둡고 심각한 얼굴로 서 있는 것이 영 불편했다. 이런 기분 나쁜 검체는 최대한 빨리 처리하고 이 자리를 뜨고 싶을 뿐이었다. 그런데도 그의 상관은 이렇게 멍하니 서서 (방호복 때문에 얼굴도 잘 보이지 않았는데) 시험관에 든 검체 조각을 노려보곤 하는 것이다.

조수의 말에 병리학자는 퍼뜩 할 일이 떠올랐다는 듯 고개를 끄덕였다. 조수는 익숙한 손놀림으로 전자현미경을 조작하고 검체를 도말하기 시작했다. 그때 갑자기 연구소 전체가 흔들리며 그들이 서 있던 바닥이 부르르 진동했다. 바깥에서 건축 자재를 실은 덤프트럭이 부속 건물 공사 현장으로 들어가고 있었다. 제기랄. 병리학자는 속으로 욕을 했다. 이미 질병통제센터는 이 도시에서 가장 높은 건물을 소유하고 있었다. 사람들은 누구나 멀리 사우론의 탑처럼 보이는 거대한 회색 건물을 보며 경외심에 사로잡혔다. 저기가 세계질병통제센터라지? 그래, 저 안에서 수많은 과학자들이 인류를 위협하는 전염병에 맞서 싸우는 거야. 그들은 감탄했고 왠지 안심하며 그 앞을 지나갔다. 그런데 도대체 이렇게 큰 건물을 두고 뭣 때문에 또 다른 걸 짓는단 말인가. 사실 그 공사 때문에 가장 큰 피해를 본 사람이 바로 병리학자였다. 원래 그는 센터 안에서 점심 먹기를 싫어 했다. 구내식당 음식이 맛이 없는 건 둘째 치고라도, 감염된 검체에서 떨어져 나왔을 미세한 입자들이 공기 중에 둥둥 떠다니는 곳에선(당연히 모든 방엔 감압장치가 설치돼 있었기에 그런 일이 발생하지 않는다는 건 알고 있었다. 그러나 아는 것과 느끼는 것은 완전히 다른 문제였고 그는 결코 그 느낌에 익숙해지지 못했다) 하다못해 커피 한 잔도 마시고 싶지 않았다. 점심시간이 되면 병리학자는 구내식당에 가는 대신 밖으로 나왔다. 도로를 건너 쇠락해가는 마을 입구에 있는 식당에서 매일 가정식백반이라는 메뉴를 먹는 게 그의 일과였다. 그러나 공사가 시작되고 나서 그 식당은 가장 먼저 문을 닫았다. 식당이 있던 자리는 평평하게 변했고 지금 그곳엔 높디높은 철골 구조물이 올라가고 있다. 그렇게 병리학자는 점심을 먹을 수 있는 유일한 식당을 잃었고 이젠 속이 울렁거리는 걸 참으며 구내식당에서 대충 매 끼니를 때우게 된 거다.

그는 창가로 가서 먼지가 뿌옇게 피어오르는 도로 건너편을 바라보았다. 그런 다음 다시 한번 속으로 욕을 하며 자리로 돌아와 하던 일에 몰두하기 시작했다.

뭔가 이상하다는 것을 발견한 것은 그로부터 한 시간도 채 지나지 않았을 때였다.

"잠깐, 이건 뭐지?"

병리학자는 중얼댔다. 그는 저쪽에서 분주히 뭔가를 정리하고 있던 조수를 큰 소리로 불렀다.

"이거, 제대로 가져온 거 맞습니까? 라벨 좀 다시 확인해보세요."

조수는 곧 되돌아왔다. 이미 기분이 상할 대로 상해 있었다. 그는 벌써 이 일에만 십여 년째 종사해오고 있었다. 여기로 파견되기 전에는 국립과학수사연구원 W시 분원에서 같은 업무를 맡았었다. 지금까지 검체를 잘못 가져오거나 라벨링을 잘못한 적은 단 한 번도 없는 베테랑 중의 베테랑이라고 자부해왔다. 그런데 이런 식으로 의심을 받다니. 비록 병리학자가 자기보다 상관이긴 해도 나이는 그가 훨씬 많았고 실험실의 온갖 잡다한 실무는 모두 도맡아 처리하고 있었다. 조수는 뒤틀린 표정으로 짧게 말했다.

"검체는 확실합니다. 완전히 정확해요. 그런데 왜요? 무슨 문제라도 있나요?"

그러나 이미 병리학자는 자리에 앉아 있지 않았다. 그는 황급히 일어서더니 벽 한쪽에 있는 책꽂이로 가서 두꺼운 책을 꺼내 뒤적였다. 한동안 이 책 저 책을 찾아보며 고개를 갸우뚱대던 그가 이번엔 어딘가로 전화를 걸었다.

"……아무래도 아닌 것 같습니다. 이건 바이러스 감염이 아니라 차라리 화학물질 테러라고 보는 게 옳아요. 그래요, 조직이 손상된 게 완전히 다르고 무엇보다도 검체에서 니파바이러스 비슷한 것도 발견되지 않았으니까요! 실수일 거라고요? 아니, 그럴 리 없습니다. 만약 당신들이 조직을 잘못 보낸 게 아니라면, 결코 그런 일은 일어나지 않아요. 서둘러야 합니다. 이러고 있을 때가 아니라고요. 얼른 이 사실을 알려야 한다고요."

조수는 그의 말을 들으며 멍하니 서 있었다. 지금 병리학자가 무슨 말을 하는 거지? 시위대 리더의 몸에 바이러스가 없다고? 분명 WCDC의 수장이 발표하지 않았던가. 지금까지 보지 못한 엄청나게 끔찍한 바이러스가 출현했다고, 그가 아래를 내려다보며 원고를 한 글자씩 또박또박 읽었지. 그래, 그다음에 무슨 일이 일어났더라?

맞아, 긴급조치가 시행됐잖아. 세상의 모든 해열제가 금지 약물이 됐다고. 센터 강당에 모여 수장의 연설 장면을 지켜보던 기억이 나서 조수는 고개를 끄덕였다. 그는 당연히 WCDC의 조치를 찬성했다. 도시 어딘가에서 누군가가 바이러스로 잔뜩 오염된 몸뚱어리를 끌고 다니며 침방울을 사방에 흩뿌린다는 것은 생각만 해도 기분 나쁘고 구역질 나는 일이었다. 그동안은, 그러니까 해열제를 약국이나 편의점에서 마음대로 구할 수 있던 시절에는, 그 악마 같은 놈들이 자신을 숨기는 게 가능했을지도 모른다. 감염으로 열이 날 땐 강력한 해열제를 삼킨 다음 체온 감지 센서를 통과하면 됐을 테니까. 그런데 이제 국가가 나서서 무고한 사람들을 보호해주겠다는 것 아닌가. 바이러스와 세균을 가진 자들이 숨지 못하도록 모든 정보를 휜히 밝혀주겠다는데, 대체 저 죽은 놈은(그러면서 그는 병리연구소 내 냉장고에 보관되어 있을 리더의 조직 검체를 떠올렸다) 무슨 불만을 가지고 저런 짓을 벌인 거지? 그런 생각을 한 건 조수만이 아니었다. 그의 지인들은 모두 WCDC의 긴급조치를 지지했다. 그랬는데, 이제 와 바이러스가 아닌 것 같다니? 리더의 몸엔 아무것도 없고 오히려 화학물질 테러를 당했을 가능성이 더 크다니. 그렇다면 긴급조치는 어떻게 되는 거지? 세계의 안전과 우리의 건강은 또 어떻게 되는 거고?

그런 생각에 빠져 있던 조수는 곁에서 들리는 고함 소리에 정신을 차렸다. 병리학자가 전화기 너머 누군가에게 화를 내고 있었다. 항상 힘없는 모습이던 그가 저런 식으로 마구 소리치는 건 처음 보는 광경이었다.

"뭐라고요? 말도 안 됩니다! 난 동의하지 못합니다. 당연히 협력할 마음도 없어요!"

그러더니 병리학자는 전화기를 쾅, 소리 나게 내려놓았다. 얼굴은 붉게 상기되어 있고 손이 가늘게 떨리고 있었다. 그는 한동안 가만히 서 있더니 문득 주위를 둘러봤다. 그러고는 급히 탈의실로 달려가는 것이었다. 조수는 그런 병리학자의 등에 대고 큰 소리로 외쳤다.

"어디 가세요? 이 검체는 어떻게 할까요? 도로 집어넣어요?"

순간 탈의실 문이 열리더니 대충 옷을 갈아입은 병리학자가 후다닥 뛰어들어왔다. 그는 검체를 밀봉해서 이동용 보냉백에 넣더니 인사도 없이 밖으로 뛰어나갔다. 이런 장소에서 통상 거쳐야 하는 방역 절차도 다 건너뛴 채였다.

16장. 해변의 농장

　어느새 밖은 어두워져 있다. 마지막 환자에게 약을 건넨 약사가 조제실 뒤로 들어온 건 정확히 저녁 6시 30분이다. 그는 아무렇지도 않은 듯 이리저리 돌아다니며 정리를 한다. 약병 뚜껑을 닫아 제자리에 두고 향정신성의약품이 들어 있는 금고에 자물쇠를 채운다. 의사는 그런 약사를 참을성 있게 지켜본다. 조제대는 이제 텅 비고 약병들은 약장에 가지런히 놓여 있다. 약사가 세면대에서 꼼꼼히 손을 씻는다. 비누로 거품을 잔뜩 내더니 손등과 손바닥을 문지르고 손톱 밑까지 박박 닦는다. 마침내 옆에 걸린 일회용 타월로 물기를 닦은 다음 의자에 앉는다. 마치 그제야 의사가 거기 있다는 것을 깨달은 듯 짐짓 놀란 표정을 짓는 약사.

　"뭐야, 아직 여기 있었어?"

　"당연하지. 자, 이제 얘기해줄 때도 됐잖아. 어떻게 된 건지. 왜 아직도 그런 약을 만들고 있는 건지. 대체 그게 얼마나 위험한 짓인지 알고 있느냐고, 응?"

　의사가 뭐라고 더 떠들려는 순간, 약사가 벌떡 일어선다.

"그래, 잘 알고 있어. 하지만 너도 나와 같은 상황이었다면 비슷한 선택을 하지 않았을까?"

"어떤 상황인데? 누가 협박이라도 한 거야? 도무지 이해할 수가 없군. 나라면 결코 그런 짓을 하지 않아. 첫째로 그건 멍청한 일이야. 모든 걸 잃을 수 있다고. 그리고 둘째로 그래, 이게 더 중요한데, 그런 식으로 해열제를 몰래 만들어 건네는 건 이 세계의 안전에 중대한 위협이 될 수 있다고. 만약 누군가가 아직 발견되지 않은 바이러스나 세균에 감염된 채 네가 준 해열제로 증상을 감추고 거리를 활보한다고 생각해 봐. 얼마나 끔찍한 일이냐고!"

흥분해서 외치던 의사가 입을 다문다. 약사가 비웃듯 입꼬리를 한쪽으로 올린 채 딴청을 피우고 있기 때문이다. 그는 의사가 조용해진 것을 보고도 한참 동안 가만히 있다가 천천히 입을 연다.

"그 전에 먼저 이 사진을 좀 봐. 누군지 알겠어?"

약사는 조제대 맨 아래 서랍에서 사진 한 장을 꺼낸다. 의사는 그것을 받아 들여다보지만, 누구인지는 알 수 없다. 사진 속엔 한 아이가 서 있고 그 애는 세상과 맞서기라도 하려는 듯 도전적인 눈으로 정면을 보고 있다.

"글쎄, 어디서 본 것 같기도 하지만 암만 봐도 모르겠군."

계속해서 사진을 보고 있는 의사에게 약사는 말한다.

"당연히 누군지 알 순 없을 거야. 그건 내 어린 시절 모습이니까."

"뭐라고? 흠, 그리고 보니 눈매가 닮은 듯도 하고……. 그래서 낯익은 느낌이 들었던 건가?"

"사진 속 내 뒤에 뭐가 있는지 한번 봐봐. 어때, 보이나?"

소년의 뒤엔 둥그스름하고 부드러운 것, 털로 뒤덮인 것, 비록 바래긴 했지만 뭔가 분홍색을 띤 듯 보이는 게 서 있다.

"잠깐, 이건? 혹시……?"

"그래, 맞아. 그건 돼지야. 새끼 돼지."

의사는 흥미로운 생각에 사로잡힌다. 그러고 보면 약사의 어린 시절에 대해서는 아는 것이 하나도 없다. 사진을 자세히 보니 소년의 등 뒤로 거대한 축사가 초점에서 벗어난 채 흐릿하게 찍혀 있다. 눈을 가늘게 뜨고 좀 더 응시하자, 축사로 이루어진 지평선 뒤로 출렁이는 회색 바다가 보인다. 무겁게 가라앉은 공기와 비릿한 내음, 거기서 풍기는 악취까지 다 느껴지는 듯해서 의사는 자기도 모르게 이마를 찌푸린다.

"어릴 때 아버지는 돼지 농장을 운영했어. 서해안의 섬에서 말이야. 내 뒤에 서 있는 그 녀석, 걔는 사실 굶어 죽을 뻔한 애였어. 돼지들은 그렇거든. 아니, 돼지만이 아니라 모든 동물이 다 그래. 태어난 새끼가 비실대면 어미는 젖을 먹이지 않는다고. 아버지는 그게 그놈의 운명이라고 했어. 하지만 난 그걸 거부했어. 오해는 하지 마. 내가 특별히 동물을 사랑하거나 뭐 그런 사람은 아니니까. 채식주의자도 아니고 바로 오늘 점심에도 제육덮밥을 먹었으니 말 다 했지, 뭐. 다만 난 그때 녀석을 살리고 싶었을 뿐이야. 무슨 말인지 알겠지? 학교에서 급식으로 나온 우유를 가방에 숨겨 갖고 온 것도 단지 그 이유 때문이었어. 난 플라스틱 타파웨어에 우유를 따라서 축사로 몰래 들어갔어. 그러고는 녀석에게 먹였지. 나중에 아버지는 내가 한 짓을 알게 됐어. 하지만 별말 없으시더군. 그냥 무심하게 이렇게 툭 던지듯 말했을 뿐이니까. 그 녀석은 이제 네가 책임져라. 죽이든 살리든 네가 알아서 하란 뜻이야. 난 고개를 끄덕였어. 그런 다음 녀석을 안고 밖으로 나왔지. 그리고 그때부터 그 돼지는 내 애완동물이 된 거야. 아니지, 요즘은 반려동물이라고 해야 한다더군. 그래, 그 녀석은 내 반려동물이 되었지. 그런데 혹시 돼지 키워본 적 있어?"

갑작스러운 질문에 의사는 고개를 젓는다. 그는 개나 고양이조차 키워본 적 없는 사람이다. 하물며 돼지라니, 그런 크고 우둔한 데다 냄새까지 나는 동물을 곁에 둔다는 것은 상상조차 하고 싶지 않았다. 그의 생각을 읽기라도 한 듯 약사가 웃는다.

"돼지는 생각보다 훨씬 영리해. 정말이야. 때로 난 녀석의 작은 눈을 들여다보며 이놈에게도 영혼이 있는 게 아닐까, 궁금해하기도 했으니까. 냄새는, 그래, 그 지독한 악취. 축사에서 풍기는 끔찍한 냄새. 그건 돼지들의 잘못이 아니야. 원래 놈들은 엄청나게 깨끗하거든. 더럽게 만든 건 우리 인간이지. 좁아터진 축사에 밀어넣고 똥과 오줌 속에서 뒹굴게 놔둔 인간들."

의사가 고개를 번뜩 든 건 그때다. 그는 약사의 어조에 그동안 본 적 없던 이상한 증오심이 서려 있는 것을 느낀다. 그러고 보니 좀 전부터 그의 눈빛도 비정상적으로 빛나고 있지 않은가. 그런 의구심을 아는지 모르는지 약사는 계속해서 이야기를 이어간다.

"만약 그 돼지를 그냥 키울 수만 있었다면 이 모든 건 시작도 되지 않았겠지. 하지만 세상은 우리를 가만히 두지 않았어. 그 작은 녀석을 사랑하게 그냥 두지 않았다는 얘기지. 그래, 방역팀이 우리 농장에 들이닥친 건 어느 봄날 오후였어. 처음에 난 그들이 외계에서 온 우주인이 아닐까 생각했어. 그 정도로 기묘한 광경이었으니까. 다들 우주복 같은 걸 입고 있었고 손에는 총 비슷한 것을 들고 있었는데, 나중에야 난 그게 마취총이라는 걸 알게 됐지. 아버지는 어땠냐고? 그는 무기력하게 서서 그들을 보고만 있었어. 하긴, 달리 할 수 있는 일도 없었을 거야. 그건 당국의 명령이었으니까. 그 섬의 모든 돼지를 죽여서 땅에 묻는 것."

문득 궁금함을 느낀 의사가 묻는다.

"잠깐, 그때도 니파바이러스가 유행했나? 내가 알기로는……."

"아니, 그건 니파가 아니었어. 그냥 구제역이었다고, 구제역. 너도 알겠지만, 그 병에 걸린다고 돼지가 죽는 건 아니야. 돼지에게 구제역이란 약간의 감기 정도에 불과하다고. 좀 앓고 약간 밥을 덜 먹고 그러다가 툭툭 털고 일어나서 아무 일도 없다는 듯 잘 살아가는 병. 그런데도 인간은 단지 추가 감염을 막겠다는 이유로 병에 걸리지 않은 돼지까지 다 죽여버리곤 했지. 물론 어린 시절엔 나도 몰랐어. 구제역이 세상에서 가장 끔찍한 전염병인 줄 알았으니까. 그렇지 않다면, 그렇게 무시무시한 질병이 아니라면, 그 많은 돼지들을 다 죽여버린 게 너무나 의미 없는 일이 되는 거잖아. 안 그래?"

의사는 더 기다릴 수 없다고 생각한다. 그는 점점 더 열기를 띠는 약사의 말을 끊고 다시 묻는다.

"미안해, 네가 어릴 때 돼지를 키웠다는 건 처음 듣는 이야기로 군. 그런데 말이야, 대체 언제 내 질문에 대답할 생각이지? 그러니까 해열제에 대한 것. 왜 다시 그 불법적인 일을 재개한 건지, 그것부터 설명해주는 게 어떨까?"

한동안 가만히 있던 약사가 천천히 입을 연다. 어느새 아까의 그 증오심 어린 눈빛은 사라졌다. 목소리는 차분하고 평온하다.

17장. 소리와 냄새

　그가 찾아온 건 한 달 전쯤이야. 어느 늦은 저녁 일을 마치고 조제실을 정리하고 있는데 누군가가 문을 열고 들어오는 소리가 들리더군. 난 밖을 내다보지도 않고 외쳤어. 오늘 업무는 마감입니다,라고 말이야. 그러나 잠시 서서 귀를 기울여도 문을 열고 나가는 소리는 들리지 않았어. 어쩔 수 없이 가운을 옷걸이에 걸어둔 뒤 밖으로 나가봤지.

　나가보니 매대 너머에 한 남자가 서 있었어. 차림은 말끔했지만 마스크 위로 보이는 눈이 붉게 충혈된 것이 왠지 예사롭지 않은 분위기였지. 나는 잠시 뜸을 들이다가 물었어. 무슨 일입니까? 방금 말했다시피 오늘은 더 이상 약을 조제하지 않습니다. 그런데 남자는 아무 대답도 하지 않는 거야. 난 약간 초조해져서 시계를 봤어. 그날은 집에 일찍 가서 축구 경기를 볼 계획이었으니까. 퇴근하는 길에 찾아가려고 단골 치킨집에 주문까지 해둔 상태였다고. 결국 나는 거짓말을 하기로 했어. 실은 약사님은 이미 퇴근했습니다. 난 종업원인데 남아서 청소를 하는 중이지요. 아시다시피 처방전을 갖고 있어도 제가 해드릴 수 있는 건 없어요. 약사가 아닌 사람이 조제를 하는 건 불법이니까요. 그러니 어서 돌아가세요. 내일 아침에 다시 오시거나 정 급하다면 가까운 곳에 있는 다른 약국을 찾아가보는 것도 괜찮을 겁니다. 야간 당번 약국이 어디인지 원한다면 알려줄 수도 있어요. 하지만 그렇게까지 말했는데도 남자는 나갈 생각을 하지 않는 거야. 도리어 긴 한숨을 내쉬며 의자에 털썩 주저앉더군.

솔직히 말해서 그때 좀 당황하긴 했어. 너도 들어봤겠지만 몇 년 전 약사 살인사건이 있었잖아. 어느 도시에서 밤늦게까지 약국에 있던 약사가 괴한에게 살해당한 사건 말이야. 나중에 잡힌 범인은 정신병자였어. 그놈은 귓속에서 외계인의 목소리가 들렸다는 등 헛소리를 지껄였지. 놈의 귀에 들린 말에 의하면 외계인이 그 약사가 도시의 모든 사람을 죽일 테니 가서 없애버리라고 했다는 거야. 하여간 그때 난 그 사건이 떠올라서 등에 식은땀이 흐르더라고. 일부러 아무렇지 않은 척 그를 쳐다보며 손을 조용히 매대 아래 비상벨로 가져갔어. 여차하면 벨을 누를 생각으로 말이야. 그럼 곧바로 사설 경비업체에 연결이 되고 5분 안에 경비업체 직원들이 달려올 테니까. 관건은 그 5분이라는 시간 동안 내가 이 미친놈을 피할 수 있느냐 없느냐겠지. 그래, 그땐 그렇게 생각했어. 나는 손가락을 비상벨에 얹은 채 미소를 지었어. 적개심이나 경계심 따위는 전혀 가지지 않았다는 걸 보이기 위해서였지. 그런데 남자가 먼저 입을 연 거야.

—다 알고 왔어요. 약을 준다면서요?

난 당황했어. 약을 준다니. 대체 이 사람이 뭘 말하는 거지? 하긴

'약을 준다'는 말에 놀랄 이유는 없지. 내 직업은 약사고 이곳은 약국이니, 여기서 '약을 준다'는 건 말 그대로 당연한 일이잖아. 그렇지만 속으로는 이미 그가 말하는 '약'이 뭔지 눈치챈 뒤였어. 내가 멈칫한 걸 알았는지 남자가 빙긋 웃더군.

—그래요, 그걸 말하는 겁니다. 해열제. 난 그게 필요해요.

그의 말이 떨어지기가 무섭게 난 외쳤지.

—무슨 소릴 하는 건지 도통 모르겠군요. 해열제라니? 그게 필요하면 적법한 절차를 밟고 처방전을 받으면 됩니다. 잘 아실 텐데요. WCDC의 긴급조치에 의하면…….

하지만 남자는 한 발도 물러설 기색을 보이지 않았어. 오히려 좀 전보다 훨씬 여유로운 얼굴로 이렇게 말했으니까.

—이러지 맙시다. 정말로 다 알고 온 거라니까요. 그러지 말고 좀 들어보세요. 나는 도시 외곽의 축산연구소에서 일하고 있습니다. 아니, 수의사는 아니에요. 전에 외국에서 약학을 공부하긴 했지만 면허시험을 통과하진 못했죠. 잠깐만요. 여기 명함과 신분증이 있어요. 보여줄 테니 확인해볼래요?

나는 고개를 저었어. 생판 모르는, 게다가 어쩌면 미치광이일지도 모르는 자의 신분 따위는 굳이 알고 싶지 않았지. 내가 괜찮다고 했는데도 그는 신분증과 명함을 꺼내서 매대에 올려놨어. 곁눈질로 슬쩍 보니 정말 W시 축산연구소 소속 공무원이더군.

—알고 계실지도 모르지만, 축산연구소란 게 말이 연구소지, 사실은 그저 소와 닭, 돼지, 염소, 양(이 부근에 양을 키우는 곳이 어디 있나 의

아하겠지요? 뭐, 자랑은 아니지만, 연구소가 커버하는 지역이 꽤 넓습니다. 저기 멀리 양떼목장 쪽까지 다 우리 관할이니까요) 등에 대한 온갖 허드렛일을 도맡아 처리하는 기관이라고 보면 됩니다. 그래서 그런 업무에 어울리게 연구소도 외따로 떨어진 시골에 있고 말이에요. 그나저나 혹시 약사님은 외곽의 시골 마을을 방문해본 적 있나요? 그러니까 이 도시가 무엇으로 살아가는지 알고 있느냐, 이 말입니다.

나는 이번에도 고개를 저어야 했어. 그는 엷게 미소 짓더니 이야기를 이어갔어.

—뭐, 그건 나중에 기회가 되면 차차 이야기하기로 하죠. 중요한 건 연구소 부근에도 엄청나게 큰 돼지 농장이 있다는 사실입니다. 새로운 돼지 바이러스의 출현을 감시하기 위해 그 농장을 방문했을 때, 거기서 한 외국인 노동자를 만나 당신 약국에 대한 얘길 들었어요. 그 사람 말에 의하면 당신 덕분에 체온 감지 센서를 무사히 통과해서 다른 도시에 사는 아내를 만나고 올 수 있었다고 하더군요. 어때요, 이래도 모르는 일이라고 우길 겁니까?

나는 비상벨에 얹고 있던 손가락을 천천히 뗐어. 그러고는 남자에게 말했지.

—일단 앉으세요. 먼저 조제실 정리를 끝내야 하니까요. 아니, 그 전에 간판부터 꺼야겠군요. 밖에서 누군가 불빛을 보고 약이라도 사러 오면 큰일이니까요.

그렇게 해서 우린 서로를 마주 보고 앉게 되었지.

난 그에게 차라도 한잔 마실 거냐고 물었어. 하지만 남자는 고개를 것더군. 그는 어딘지 모르게 조급해 보였는데, 앉아서도 계속 다리를 떨면서 초조한 기색을 감추지 못했어.

—좋습니다. 이렇게 된 이상 더는 부정할 수가 없군요. 단도직입적으로 물읍시다. 대체 해열제가 왜 필요한 겁니까? 보아하니 정상적인 직업을 갖고 있고 의료 시스템도 충분히 이용할 수 있는데, 무엇 때문에 이런 식으로 불법을 저지르려 하느냐, 이겁니다.

그러자 그가 주머니를 뒤적이더니 USB 하나를 꺼내 내밀더군.

—이겁니다. 이것 때문에 나는 언제나 두통에 시달립니다. 열은, 그래요, 열은 두통의 부수적인 현상일 뿐, 특별히 내게 감염 질환이 있는 건 아닙니다. 그건 확실해요. 다시 한번 말하지만 내가 해열제를 찾는 건 두통 때문이에요. 밤마다 잠을 못 이루게 하는 끔찍한 두통. 그것만 가라앉으면 나는 편히 잘 수 있을 거라고요. 하지만 직업적 특성상 두통약을 처방받기가 좀 힘듭니다. 아니, 조금 힘든 게 아니라 많이 힘들죠. 힘들다기보다는 불가능하다고 할까요. 이 일에 종사하는 사람이 밤마다 두통에 시달리며 불면으로 괴로워한다는 건…… 그건 스스로 더는 일할 수 없음을 증명하는 것과 마찬가지거든요.

난 궁금해졌어. 두통약을 처방받을 수 없다니, 이유가 뭘까? 그런 내 속마음을 읽기라도 한 듯 남자는 낮게 중얼댔어. 그는 머리를 두 손으로 감싸 쥔 채 이마를 찌푸리며 USB를 가리켰지.

—그걸 먼저 보세요. 그러고 나서 얘기하자고요. 만약 당신이 그걸 본다면 나를 100퍼센트 이해하게 될 테고 해열제를 주지 않고는

못 배길 테니까요.

모니터 포트에 USB를 끼우자, 화면에서 영상이 시작됐어.

처음 보인 건 노란색과 푸른색 꽃으로 뒤덮인 아름다운 들판이었어. 속으로 감탄하며 좀 더 자세히 보려는 순간 그 들판이 점점 가까워지며 확대됐고, 난 그 푸르고 노란 것들이 꽃이 아니라 그저 무수하게 피어난 곰팡이들이라는 걸 깨달았지. 그래, 놀랍게도 끝없이 넓은 들판 전체가 곰팡이로 가득 뒤덮여 있던 거야.

—여기가 어디지요? 도대체 어디인데 요즘 같은 세상에 더러운 균주가 저 정도로 무성할 수 있는 겁니까? 당국은 이런 사실을 알고 있나요?

내가 물었지만 남자는 대답하지 않았어. 그저 계속 보라고 손짓만 할 뿐이었지.

화면에서 곰팡이는 점차 더 크게 확대됐어. 알고 보니 그것들은 비닐로 덮인 땅 위에서 자라나고 있던 거였어. 비닐로 덮인 땅이라니, 뭔가 이상하지 않아? 김장용 비닐 같은 그런 비닐로 그렇게나 광대한 벌판을 모두 덮어버리다니.

내가 뭐라고 물으려는 순간, 남자가 먼저 말했어.

—보세요, 저기. 저 비닐 아래 누가, 아니 무엇이 있는지.

난 몸을 화면 앞으로 좀 더 가까이 가져갔지. 이봐, 근데 넌 그 비밀 아래 무엇이 있었을 것 같아? 아니, 그 비닐. 자꾸 비닐을 비밀이라고 잘못 말하게 되는군. 음, 그런데 생각해보면 이 경우엔 비닐은 곧 비밀이나 마찬가지니까. 그 아래 아무도 상상할 수 없는 것이 묻혀 있다는 점에서 말이야. 하여간 비닐 아래 보이는 건 돼지의 거대한 얼굴이었어. 하긴 돼지에게 얼굴이라는 말을 쓰는 건 별로 어울리지 않겠지. 하지만 그건 정말로 얼굴이었다고. 돼지는 반쯤 찢어지고 물이 질퍽거리는 비닐 아래에서 마치 하늘에 대고 웃는 듯 입을 쩍 벌리고 있었어. 입이 어찌나 끝까지 쫙 벌려져 있는지 조커 같기도 하고 악마 같기도 하고 어떻게 보면 애처롭게 보이기도 했지. 뭔가에 홀린 듯 멍하니 돼지를 들여다보던 나는 그 얼굴이 웃고 있는 게 아니라는 것을 알았어. 그들은 고통에 찬 비명을 지르고 있던 거야. 그러다가 숨이 끊어졌고 그 기괴한 표정 그대로 땅속에 박제되고 만 거지.

　—하나가 아닙니다. 좀 더 보세요.

　남자가 말했고, 바로 그 순간 갑자기 카메라가 뒤로 물러서며 푸르고 노란 곰팡이로 덮인 벌판 전체를 다시 조망하는 거야. 그래, 그의 말은 사실이었어. 그 벌판은 돼지들의 생지옥이었던 거지. 얇은 흙과 비닐 아래 무한하게 많은 돼지들이 비명을 지르던 얼굴 그대로 파묻혀 있었으니까. 곰팡이는 썩어가는 돼지에게서 자라나 그들의 체액과 피를 먹으며 온 지구를 뒤덮을 기세로 퍼져가고 있었고.

　—여기가 대체 어딥니까?

　내가 묻자 남자가 대답했어.

　—그게 어디인지가 뭐가 중요한가요? 어차피 세상 전체가 그런걸요. 그건 도처에 널려 있다고요. 다만 보이지 않을뿐. 지상이라는 표피 아래엔 어디나 저런 지옥이 펼쳐져 있어요. 아무 일도 없다는

듯 평온하기만 한 지표를 한 꺼풀만 들추면 울부짖으며 썩어가는 돼지, 염소, 소, 양, 닭이 우글우글하다고요! 그것 때문입니다. 내가 잠들지 못하는 이유 말이에요. 밤에 자려고 누우면 마루 아래 땅속에서 그게 새어 나와요. 소리, 두런대는 기척들. 그런데 약사님, 그거 알아요? 돼지를 땅에 묻으면 부패가 일어나고 마침내 펑 터져서 내부의 장기와 피, 오물, 체액, 내장, 모든 것들이 사방으로 흩어진다는 것을요. 만약 수만 마리의 돼지를 한번에 묻으면 그 많은 돼지의 몸이 한꺼번에 펑, 펑, 펑, 터지겠지요. 상상해보라고요. 그 끔찍한 광경을. 이건 약사님에게만 해주는 말인데, 난 아주 오래전, 그러니까 아마도 초등학교 4학년 즈음이었나, 거대한 박쥐가 썩어서 터져버리는 광경을 목격한 적이 있어요. 그 불쌍한 박쥐는 실수로 학교 교실로 날아들었는데, 들어오자마자 칠판에 부딪혀 정신을 잃고 말았지요. 선생님은 박쥐를 갖다 버리라고 했지만 나는 그 녀석을 구해주고 싶었어요. 그래서 과학실에 몰래 숨겨두고 집에서 과일을 가져다 먹였는데(그때 어린이 백과사전을 찾아보니 그렇게 생긴 박쥐는 과일만 먹는다고 적혀 있었죠) 그만 박쥐는 죽고 만 겁니다. 그러고는 썩어서 부풀어 올랐고 결국 뱃가죽이 그 압력을 견디지 못해 펑, 터지고 말았어요. 터져서 갈라지고 찢어진 틈으로 구더기들이 우글댔고…… 아, 이런 어린 시절 얘기나 하러 온 건 아닌데, 미안합니다. 다시 돼지들의 비명에 관한 이야기로 돌아가보죠. 그렇습니다, 내가 잠을 못 이루는 이유는 바로 그거예요. 세상을 뒤덮고 있는 그 비명소리. 잠깐만요. 지금도 귀 기울이면 들리거든요. 약사님은 정말 모르겠어요?

그의 갑작스러운 질문에 나는 아무 대답도 하지 못했어. 머뭇대는 나를 보며 그가 빙긋 웃더군.

—혹시 이런 동화를 들어본 적 있습니까? 그러니까 이건 어떤 이상한 공주에 대한 것인데, 그 공주는 비바람이 몰아치던 어느 밤, 성에 당도했다고 합디다. 그러고는 성문을 쾅쾅 두드리며 하룻밤 재워달라고 했다는 거예요. 하긴 이런 얘기들은 시작부터 말도 안 되긴 해요. 대체 공주가 뭐가 부족해서 떠돌이 거지처럼 돌아다니며 하룻밤 잘 잠자리를 구하겠어요? 뭐 어쨌든 이야기의 진위가 중요한 건 아니니까. 공주는 그 성의 작은 방을 하나 빌릴 수 있었어요. 성의 왕비는 공주가 잘 이부자리를 깔아주면서 매트리스 아래 바닥에 완두콩 한 알을 넣어놨다는 겁니다. 그러고는 그 위에 푹신한 요를 몇 겹이고 더 깔아줬지요. 공주는 그날 밤 잠들지 못했어요. 지금의 나처럼 단 한숨도 눈을 붙이지 못한 거지요. 아침이 되어 공주를 다시 찾은 왕비는 정중한 목소리로 물었어요. 밤엔 잘 잤나요,라고. 그랬더니 그 공주가 뭐라고 했는지 알아요? 공주는 한숨도 못 잤다고 했어요. 이불 아래 뭔가가 있어서 그게 등에 배기는 바람에 잠들 수 없었다고 털어놓은 거지요. 동화에선 그 공주가 성에 사는 왕자의 신부로 간택됩니다. 글쎄요, 적어도 왕비가 되려면 엄청나게 예민한 감각을 가져야 한다는 얘기일까요? 그러나 내 머릿속에서, 아니 실제 현실에선 그런 사람은 그냥 쫓겨나요. 미친 사람이라고 손가락질받으면서요. 생각해보라고요. 다른 이는 아무도 느끼지 못할, 수십 겹의 매트리스 아래 깔린 완두콩 한 알의 존재를 알아차릴 감

각이라면 그건 이미 이 세상에선 정상이 아니니까요. 그리고 내가 바로 그 꼴이 난 거예요. 나는 아무도 듣지 못하는 소리를 듣고 아무도 맡지 못하는 냄새를 맡은 끝에 이렇게 미치광이처럼 변하고 말았어요.

문득 떠오르는 생각이 있어서 난 그의 말을 제지했어. 그러고는 물었지.

—불면증에 시달린다는 말이군요, 결국은. 그렇지 않습니까?

그러자 남자는 어두운 얼굴로 묵묵히 고개를 끄덕였어. 난 재차 말했지.

—그걸 위해 이렇게 긴 이야기를 하다니요. 하여튼 불면증이라면 시내에 잘 아는 의사가 있습니다. 지금 당장 그에게 전화를 걸어줄 수 있어요. 당신의 사정을 간단히 설명해줄 테니 가서 처방을 받으세요. 수면제와 신경안정제, 이런 것들을 복용하면 잠을 잘 수 있겠지요. 그러면 당연히 두통도 나아질 테고요. 그리고 심리상담소 같은 곳에서 치료를 받아보는 것도 권하고 싶네요. 내 생각에 그건…….

그때 남자가 의자에서 벌떡 일어서더니 소리쳤어.

—내가 그런 걸 모르리라고 생각했습니까? 알아요. 수면제와 신경안정제만 있다면 모든 게 해결될 거라는 사실을요. 바리움이나 졸피뎀 두어 알만 삼키면 꿈도 없는 깊은 잠에 빠지리라는 것을 나도 알고 있다고요. 하지만 난 처방을 받을 수 없어요. 사정이 있으니까요.

그는 긴 한숨을 내쉬더니 다시 의자에 털썩 앉았어. 어느새 어깨는 축 처져 있었고 그래선지 처음 들어왔을 때보다 훨씬 나이 들어 보였지.

—좋아요, 그 사정이란 게 뭡니까? 그리고 그 약, 당신이 내게 원하는 해열제 말이에요, 그게 어떻게 해결책이 될 수 있다는 거지요?

내 질문에 그는 잠시 가만히 있었어. 그러더니 기어들어가는 목소리로 말하더군.

—여기선 아픈 게 죄니까요. 잠깐만요. 내가 제대로 말한 건지 모르겠군요. 아픈 게 죄다…… 그게 아니고 잠들지 못하는 게 죄라고 하는 편이 더 나을 듯합니다.

—잠들지 못하는 게 죄라니, 그건 또 무슨 말입니까?

—내 사정을 이야기하려면 먼저 그전에 일어났던 일을 알아야만 합니다. 수년 전 아프리카돼지열병이 이 일대에 창궐했을 때 어떤 사건이 있었는지. 그런데 혹시 아프리카돼지열병이라는 걸 들어본 적은 있어요?

그는 갑자기 분주하게 여기저길 두리번거렸어. 뭘 찾느냐고 물었더니 메모지가 있는지 묻기에 서랍에서 꺼내줬지. 그는 펜도 달라고 했어. 그러더니 종이에 어떤 기묘하게 생긴 둥근 구체를 쓱쓱 그리기 시작하더군.

—이겁니다. 아프리카돼지열병을 일으키는 바이러스 말이에요. 대충 이렇게 생겼어요. 아스파바이러스과에 속하는데, 당신은 약사니까 잘 알고 있겠지요?

그의 질문에 나는 고개를 저었어.

—아니요, 내가 아는 건 인간에게 감염되는 바이러스에 한정됩니다. 그것만으로도 엄청나게 종류가 많은데 돼지열병까지 알 순 없지요.

—인간에게 감염되는 바이러스만 안다고요? 훗, 아프리카돼지열병이라고 해서 무조건 안심할 순 없습니다. 돼지가 어떤 동물인지 당신은 모르고 있는 게 틀림없군요. 돼지는, 뭐랄까 기묘한 생명체예요. 그들의 세포에선 이상한 작용이 일어나거든요. 아무거나 가리지 않고 먹는 식성만큼이나 돼지들의 세포도 잡식성이에요. 만약 어떤 바이러스가 돼지의 몸에 들어갔다고 칩시다. 그 바이러스는 돼지세포 속에 있던 다른 종류의 바이러스와 만나 융합돼요. 말 그대로 섞여버린다고요. 변종 니파바이러스도 그렇게 만들어진 거잖아요. 박쥐가 가지고 있던 바이러스가 돼지의 몸에 섞여들고, 거기서 본래 있던 다른 놈들과 합쳐져 무시무시한 전염병균으로 변해버렸죠. 아프리카돼지열병도 마찬가집니다. 언제 돼지들의 몸 안에서 변이할지 모른다고요. 변종 아프리카돼지열병 바이러스. 이런 게 나타나서 또 지금처럼 세상을 뒤덮어버릴 수 있다, 이 말이지요.

마구 떠들던 남자가 갑자기 입을 다물었어. 그는 놀란 듯한 얼굴로 멍하니 날 보더니 피식 웃었어.

—하, 이럴 수가. 말을 하다 보니 나도 어느새 놈들과 무엇 하나 다를 바 없는 인간이 되어버렸다는 걸 깨달았지 뭡니까.

—놈들……이라니요? 돼지를 말하는 겁니까?

—아니, 돼지가 아니라 인간을 말하는 거예요. 전염병이 돌 때마다 병을 퍼뜨린 동물을 찾아내고 책임을 덮어씌우고 살처분을 해야 한다고 주장하는 인간들.

그때 그의 눈에 감돌던 살기를 자네도 봤어야 하는데. 어쨌든 남자는 계속해서 이야기했어. 자기가 왜 신경안정제나 수면제를 처방받지 못하는가에 관하여.

—이에 대해 말하려면 2020년으로 거슬러 올라가야 해요. 그때, 지구상 인류가 코로나19 바이러스 때문에 정신없는 나날을 보내고 있을 때, 사실은 엄청나게 많은 돼지들 또한 산 채로 땅속에 파묻혔다는 것을 아시나요? 그 해에 중부지방엔 아프리카돼지열병이라는 전염병이 창궐했거든요. 듣기론 철원인가 어디쯤에서 철책 너머 DMZ에 살던 멧돼지들이 먼저 감염됐다고 하더군요. 잘 알겠지만 그런 병이 돌면 일단 모든 동물을 절멸시킵니다. 치료하려면 돈이 들지만 없애버리면 돈을 절약할 수 있으니까요. 농장주들은 어떠냐고요? 그들도 별로 슬퍼지진 않아요. 어차피 키우던 돼지를 다 죽여도 보상은 받으니까. 그때도 돼지들은 엄청난 고통을 겪었어요. 흐흐, 그런 걸 보면 돼지는 차라리 멸종을 원했을 거야. 그래서 자기들 몸 안에 일부러 변종 니파바이러스를 만들어냈을지도 모르지. 안 그래요, 약사님? 난 그런 생각이 드는데. 전염병이 돌 때마다 돼지들은 구덩이에 내몰리고 이산화탄소 가스에 질식하거나 산 채로 파묻힌다고요. 살겠다고 몸부림치며 기어나오는 돼지는 밖에서 지키던 공무원들이 도로 밀어넣어요. 전기충격기나 꼬챙이 같은 걸로 말

입니다.

어쨌거나 그때 중부지방의 축산연구소에서 일하던 어떤 사람, 이제부터 그를 A라고 할게요, A도 그런 도살 현장에 매일 나갔어요. 아프리카돼지열병이 도는 동안 한 달이 넘도록 쉬지 않고 야근을 했고 방역복을 입고 돌아다녔어요. 주로 하는 일은 당연히 돼지 살처분과 매립이었지요. 마지막 살처분은 철원에서 포천으로 넘어가는 지방도로 인근 농장에서 있었다고 합니다. 그 어느 때보다도 그는 열심히 일했고 탈출하려는 돼지를 구덩이로 밀어넣었다고 해요. 같이 일했던 사람들의 증언이니 아마 맞는 말이겠지요. 그러고 나서 그날 밤엔 오랜만에 부서 회식이 있었다더군요. 다들 술을 마시는데 그가 천천히 일어서더니 밖으로 나가더랍니다. 사실 신경 쓴 사람은 아무도 없었다고 해요. 화장실에 갔겠거니 생각한 거죠. 그러나 A가 회식이 끝날 때까지 나타나지 않자 사람들은 그제야 밖으로 나가 그를 찾기 시작했어요. 하지만 암만 주변을 돌아다녀도 그는 보이지 않았습니다. 그들은 A가 혼자 집에 간 거려니 생각했어요. 차도 안 보였기에 더더욱 그렇게 믿을 수밖에 없었고요. 다음날 A는 출근하지 않았다고 합니다. 그러고는 사흘이 지나 죽은 채 발견됐지요. 뭐 요즘은 굳이 극단적 선택, 이런 표현을 하는 것 같지만 그냥 솔직해집시다. 그는 자살했어요. 자기가 자기를 살해했다 이 말이지요. 어디서 죽었느냐고요? 그게 문제인데요. 그가 회식 자리에서 말도 없이 사라진 지 사흘째 되던 날, 살처분한 돼지 매립지를 살펴보러 나갔던 용역 회사 직원이 벌판 한가운데 있는 기괴한 조형물을 발견했으니까요. 그런데 약사님, 매립지라고 하면 어느 정도의 넓이가 떠오르나요? 네, 맞아요. 좀 전의 USB 속 영상에서 볼 수 있듯이 매립지는 어마어마하게 넓습니다. 그런 곳은 살펴보러 간다고는 해도 가장자리에 선 채 둘러볼 뿐 그 안에 발을 디딜 순 없어요. 잘못하면 땅이 푹 꺼지면서 부글부글 피어오르는 돼지의 체액과 피거품에 빠지게 되니까요. 그래서 그 용역 직원도 매립지 한가운데 세워져 있는 장대와 거기 매달려 대롱대롱 흔들리고 있는 뭔가를 확인하러 갈지 말지 오래도록 망설였던 겁니다. 그렇지만 결국 그는 어쩔 수 없이 매립지 안으로 들어갔어요. 그 직원은 보통은 갯벌이나 어선에서 어부들이 입는 고무로 된 작업복 바지를 옷 위에 껴입었어요. 그런 작업복엔 처음부터 장화가 달려 있어서 만에 하나 매립지에 빠진다 해도 오물이 묻을 염려가 줄어드는 거죠. 끝으로 마스크까지 낀 다음, 그는 조심조심 걸어서 매립지 중심을 향해 갔어요. 중간에 두어 번 발이 빠졌고 한 번은 대충 덮어놨던 흙이 파헤쳐져 그 안에 푸르게 부푼 돼지 머리가 들어 있는 광경을 보기도 했지만 별로 놀라진 않았습니다. 아무리 끔찍한 광경이라고 해도 자주 보면 무덤덤해지기 마련이거든요. 그러나 매립지 한가운데에 거의 도착할 즈음, 그는 자기도 모르게 뒷걸음질을 치다가 그만 철푸덕 주저앉고 말았습니다. 그 썩어가는 악취의 땅 한가운데 세워진 장대에 사람이 매달려 있었으니까요. 혀를 길게 빼물고 푸르스름하게 변한 그 얼굴의 주인공은 회식 날 밤 사라진 공무원이었습니다. 처음에 이 일대에선 아주 난리가 났었다고 합니다. 다들 누군가가 그를 살해한 게 틀림없다고 믿었지요. 제정신이라면 그렇게 끔찍한 장소에서 기괴한 방법으로 목숨을 끊지 않을 테니까요. 하지만 국과수 정밀 조사까지 거친 결과, A는 정말로 스스로 목숨을 끊은 거였어요. 살해의 흔적 따윈 없었고 좀 떨어진 곳에 세워진 차 안엔 유서가 있었지요. 거기엔 이런 딱 한 줄의 글이 적혀 있었다고 해요. "더는 악몽에 시달리고 싶지 않아." 한데 그런 업무에 종사하는 이들 중에 그렇게 자살한 이가 사실 그가 처음은 아니거든요. 다만 이번에 달랐던 점은 유가족이 그냥 넘어가지 않았다는 것뿐이었죠. 그들은 국가를 상대로 거액의 손해배상 소송을 제기했어요. A가 비록 자살했지만, 끔찍하고 고통스러운 업무를 강제로 부담시킨 국가가 그를 죽음으로 몰고 간 거라고 주장하면서. 결과가 어땠냐고요? 당연히 국가가 승소했죠. 뭐, 우리나라에선 충분히 예상 가능한 일이었고 말이에요. 하여간 그 후로 축산연구소엔 새로운 규정이 만들어졌어요. 자살할 직원을 처음부터 거르겠다는 건데…… 바로 모든 직원이 정기적으로 정신건강 검사를 받게 한 거지요. 그리고 아주 조금의 이상이라도 발견되면 이런저런 사유로 해고할 수 있게 한 겁니다. 이제 이해하겠지요? 내가 밤마다 불면에 시달려 고통받으면서도 수면제나 신경안정제를 처방받지 못하는 이유를 말입니다.

나는 알겠다고 했어. 하지만 그래도 한 가지 풀리지 않는 의문이 남아 있었지.

―좋습니다. 그런 이유로 정신과나 상담소에 갈 수 없다고 쳐도, 도대체 해열제가 왜 필요한 건지는 모르겠군요. 아시다시피 파라세

타몰을 먹는다고 잠을 잘 수 있는 건 아니니까요.

　─그것 역시 잘 알고 있어요. 어차피 이곳에서 근무하는 이상, 혹은 지구에 거주하는 한, 나는 아마도 영원히 잠들 수 없을 겁니다. 따라서 수면제나 신경안정제는 내게 아무 의미가 없어요. 난 잠을 포기했습니다. 자고 싶지도 않고요. 처음엔 자고 싶어서 미칠 것 같았는데 어느덧 잠을 자지 않는 삶에 익숙해졌다고나 할까요. 다만 잠을 자지 않으면 낮에 머리가 터질 듯이 아픕니다. 정말이에요. 누군가 머리를 도끼로 내려쳐서 반으로 쪼개는 듯한 기분이니까요. 난 그저 두통을 가라앉히고 싶을 뿐입니다. 그래서 이렇게 온 거예요. 당신이 우리 같은 사람들, 어디에도 말할 수 없는 증상에 시달리는 이들에게 진정한 위안을 준다는 걸 알고 있어요. 부탁합니다, 내게 약을 주세요.

　어쩔 수 없이 난 남자에게 말했어.

　─지금 당장은 약이 없습니다. 사실은 이 일에서 손을 뗀 지 한참 됐거든요. 당국의 감시가 점점 촘촘해지고 있어요. 만약 발각되는 날엔 내 면허가 박탈됩니다. 앞으로는 영원히 약사로서 일할 수 없게 되는 거지요. 하지만…… 당신 사정은 정말 딱하군요. 좋습니다. 이번에 마지막으로 약을 제조해보죠. 일주일 후에 와서 가져가세요. 그리고 혹시나 해서 당부하는 건데 절대 비밀을 지켜야 합니다. 안 그러면 우린 끝장이니까요.

　남자는 알았다고 했어. 그러고는 고맙다고 몇 번이나 인사를 하며 나갔지.

일주일 후 온 그에게 난 병에 담아둔 파라세타몰을 건넸어. 그는 말없이 약병을 받더니 돈이 든 봉투를 내려놓고는 빠르게 사라졌어. 그게 끝이야. 그 후론 다시는 그를 못 봤으니까. 나 역시 더는 약을 만들지 않았고. 그건 정말이야. 믿어달라고.

18장. 도망자

터미널은 한산했고 로비는 텅텅 비어 있었다. 몇몇 사람들이 마스크를 눈 바로 아래까지 끌어올린 채 버스를 기다리고 있을 뿐이었다. 택시에서 내려 뛰어 들어오면서 병리학자는 뒤를 돌아봤다. 쫓아오는 이가 아무도 없는 걸 보고도 그는 계속해서 사방을 두리번댔다.

'이럴 리가 없는데?'

병리학자는 속으로 중얼대며 옆구리에 낀 가방을 꽉 잡았다.

'하여튼 다행이군. 아직 윗선에선 눈치를 못 챈 건지도 몰라.'

곧장 창구로 직진하는데 누군가가 어깨를 붙잡는 바람에 그는 소리를 지를 뻔했다. 뒤를 돌아보니 주황색 조끼를 입은 노인이 입구 쪽을 가리키며 뭐라 하고 있었다. 두르고 있는 어깨띠에 '국민 안전 지킴이'라는 글자가 보였다.

"체온 측정을 제대로 하고 들어가야 합니다."

병리학자는 얼른 입구로 돌아가 자동 체온측정기 앞에 섰다. 주황색 불이 켜지며 '삐—' 소리와 함께 "재측정하십시오"라는 안내가 흘러나왔다. 그의 이마에서 식은땀이 흐르는 걸 본 자원봉사 노인이 어깨에 손을 얹으며 말했다.

"원래 기계가 자주 이상해. 정상 체온인데도 툭하면 다시 측정하라고 한다니까. 자, 걱정하지 말고 여기 앞에 좀 똑바로 서겠소?"

병리학자는 노인이 가르쳐준 대로 발 모양 스티커가 붙은 바닥에 똑바로 섰다. 속으로 후 숨을 내쉬며 최대한 긴장을 풀었다. 그러고는 앞에 있는 자동 체온측정기의 탐색하는 듯한 렌즈를 가만히 쳐다봤다.

"그것 보시오. 정상이잖소. 허허, 꼭 한 번씩 이런다니까."

"그럼, 어르신, 저는 이만."

다시 창구로 달려가려는 그를, 이번에도 노인이 잡았다.

"또 뭡니까?"

"아무리 바빠도 QR코드는 찍고 가야지."

휴대전화를 꺼내던 병리학자가 움찔했다. 이런 식이라면 버스가 출발도 하기 전에 모든 게 발각되고 말 것이다. 그는 주머니에서 손을 빼지 않은 채 노인에게 읍소하듯 말했다.

"제가 깜빡하고 폰을 두고 왔네요. 차 시간이 얼마 안 남아서 그러는데…… 이번만 그냥 지나가면 안 될까요?"

상대방이 의심스러운 눈초리로 쏘아보는 듯한 기분이 들어서 그는 긴장했다. 주머니 속 휴대전화를 쥐고 있는 손에 땀이 배기 시작했다. 그때 노인이 테이블에 놓인 장부를 가리켰다.

"뭐, 어쩔 수 없지. 저기에 이름과 전화번호라도 적고 가시구려."

병리학자는 몸을 숙이고 장부에 이름과 전화번호를 적었다. 당연히 가명에 가짜 번호였다. '설마 이 노인네가 신분증을 보여달라고 하진 않겠지?' 이런 불안감이 들었지만 태연한 표정을 유지했다. 만약 그런 걸 요구하면 무조건 도망칠 계획이었다. 그러나 노인은 그가 내려놓은 볼펜을 소독약으로 닦는 데만 열중할 뿐 별다른 걸 묻진 않았다.

겨우 매표창구 앞에 선 병리학자는 표를 사려다 말고 휙 돌아섰다.

'이런, 여기서 행선지를 그대로 말할 순 없지.'

그는 대단한 아이디어라도 떠올린 양 스스로 대견해하며 고개를 끄덕였다. 저쪽에 무인 티켓 발행기가 있는 걸 발견하고 그는 빠르게 걸어갔다. 그러나 키오스크 화면에서 S시를 터치하려다가 이번에도 멈칫했다. 신용카드를 사용하면 안 된다는 생각이 퍼뜩 든 탓이다. 병리학자는 어깨에 멘 가방을 꽉 쥔 채 로비를 서성였다. 그때 주머니 속 휴대폰이 진동했다. 왠지 여전히 이쪽을 기웃대는 듯한 자원봉사 노인을 피해서 그는 화장실 앞까지 가 기둥 뒤에 숨었다. 화면엔 조수의 이름이 떠 있었다. 폰을 끄려다가 문득 어떤 생각이 떠올라 그는 전화를 받았다.

"……여보세요?"

"어디세요? 얼른 돌아오세요! 선생님이 그러고 나간 뒤에 하도 이상해서 확인해보니 실수한 게 맞더라고요. 그 검체 말입니다, 라벨이 잘못된 거였어요. 그러니 얼른 돌아오세요. 와서 다시 검사를 하면 제대로 된 결과를 볼 수 있을 거예요."

병리학자는 아무 말도 하지 않고 듣기만 했다. 뭔가 이상했다. 조수가 이렇게 저자세를 취한 적은 한 번도 없었다. 귀를 기울이니 전화기 너머 웅성대는 소리가 들리는 것도 같았다. 병리실에 사람들이 몰려오기라도 한 건가. 더 생각할 것도 없이 그는 휴대폰을 꺼버렸다. 그러고는 키오스크 앞에 서 있던 사람에게 조용히 다가갔다.

"죄송하지만 저 대신 버스표를 좀 끊어주시겠습니까? 급히 나오느라 휴대폰도 없고 카드도 없어서요. 가진 건 현금뿐인데 저기는 줄도 너무 길어서……."

그러면서 매표창구를 가리키던 그는 당황했다. 텅 빈 대합실과 마찬가지로 창구 앞에도 기다리는 이는 없었기 때문이다. 하긴 WCDC가 강력하고도 위험한 새로운 바이러스의 창궐을 예고한 마당에 누가 여행이나 가려고 버스 터미널에 와 앉아 있겠는가. 우물쭈물하는데, 키오스크 앞에 있던 사람이 말했다.

"어디로 가는 표가 필요합니까?"

S시로 가는 표를 사서 건네며 그 사람이 낮게 속삭였다.

"사정은 모르겠지만 조심해요. 아까부터 그쪽을 몰래 따라오는 사람이 있다는 거 알아요? 저기 기둥 뒤쪽에 있네요."

거기선 추레한 차림의 남자가 기둥에 기대선 채 휴대폰을 보고 있었다. 고맙다고 인사하기 위해 돌아보니, 표를 사준 사람은 이미 사라지고 보이지 않았다.

버스엔 승객이 몇 없었다. 그나마도 거리두기 때문에 다들 띄엄띄엄 떨어져 있었다. 병리학자는 표에 적힌 번호를 찾아가 털썩 앉왔다. 승강구에 오르며 몇 번이고 뒤돌아봤지만 따라오는 이는 없는 것 같았다.

'하긴, 이렇게까지 과민반응을 보일 필요는 없지. 모든 게 내 망상일지도 모르니까. 어쩌면 정말로 조수의 말이 맞는 걸지도. 검체 라벨링이 잘못됐고, 난 헛걸음을 하고 있는 거야. 그나저나 만약 그렇다면 후폭풍이 클 텐데…… 이 일을 어쩐담.'

문득 조수의 전화를 그런 식으로 받았던 게 후회됐다. 차라리 자초지종을 더 설명해주는 게 낫지 않았을까. 적어도 조수가 악인이나 바보는 아니니까. 그는 그저 세상을 단순하게 보는 사람일뿐이었다. 악의와 선의. 나쁜 것과 좋은 것. 질병과 건강. 깔끔하게 둘로 나뉜 심플한 세상에 살며 좋은 편에 서서 나쁜 편을 없애버리면 된다고 믿는 사람. 그러다가 병리학자는 얼른 고개를 저었다. 어쩌면 조수는 현재의 세상에 만족하고 있을 것이다. 그런 이들에게 굳이 겹겹이 감춰진 비밀을 들춰 보일 필요는 없지 않은가.

S시에 도착했을 땐 이미 해가 지고 있었다. 어둑어둑한 터미널엔 인기척이라곤 없었고 도로변엔 승객을 기다리는 택시 몇 대가 보였다. 그는 검은색 마스크를 잘 매만진 뒤 그중 하나에 올라탔다. 행선지를 말하자 기사는 거울로 흘낏 쳐다보더니 아무 말 없이 출발했다. 가는 도중에 그는 몇 번이고 미리 전화를 걸까 망설였다. 그러나 이 전화가 추적되지 않는다고 누가 단언할 수 있으랴. 결국 그는 휴대폰을 켜지 않았고, 택시에서 내릴 때도 현금으로 계산하는 것을 잊지 않았다.

국도에서 해안으로 빠지는 길 양옆으론 잡초가 우거져 있었다.

병리학자는 오르막길을 걸으며 숨을 헐떡였다.

'이 모든 게 지나가면 운동을 다시 시작해야겠군.'

병리학자는 마지막으로 운동을 결심했던 때를 떠올렸다. 그래, 그 날은 동료들과 맥주를 마시고 나서 가벼운 마음으로 혼자 산책을 하고 있었지. 마침 24시간 헬스장이 보였고 뭔가에 홀린 듯 등록을 하려고 계단을 오르던 순간, 갑자기 긴급재난문자 알림이 울린 거였다.

"원인불명의 환자 발생!" 이렇게 시작되어 "……확실한 검사 결과에 따른 국민 안전이 확인될 때까지 3단계 사회적 거리두기와 실내외 마스크 착용에 대한 긴급 행정명령을 발동하는 바입니다"로 끝을 맺는 메시지를 한참 들여다보다가, 문득 그는 어디론가 달리기 시작했다. 가장 가까운 편의점에 도착했을 때, 이미 꽤 많은 사람들이 마스크를 사서 귀에 걸고 있었다.

이 모든 것이 불과 얼마 전의 일인데도 마치 수십 년은 흐른 듯한 기분이 들어 병리학자는 몸서리를 쳤다. 끊임없이 계속되는 갖가지 크고 작은 바이러스의 창궐은 세계의 시공간적 구조 전체를 뒤바꾸어놓은 게 아닐까. 어쩌면 도처에 음침하게 도사리고 있는 죽음의 공포가 블랙홀과 같은 역할을 하고 있는지도 몰랐다. 입자와 시간, 공간마저 모두 빨아들이는 블랙홀처럼, 죽음의 공포가 우리 자신을 조금씩 빨아들이며 갉아먹지 않는다고 그 누가 장담할 수 있을까. 그렇게 좀먹힌 뇌는 시공간을 다르게 인식하고, 그런 식으로 우리가 알고 있던 세계는 파괴되고 마는 것이다.

지방에 있던 국과수 분원 병리실에서 일하던 그가 W시에 새로

들어선 WCDC본부 병리연구소로 가게 됐을 때, 주변에선 모두 축하를 해줬다. 단 한 사람, 대학교 시절 지도교수였던 B만이 뜨악한 반응을 보였는데, 그 늙은 교수는 음산한 목소리로 그의 기분을 망쳐버리고 말았다.

"……그러니까 조심하게. 자네도 예감하겠지만 예전의 세계로 돌아가는 건 불가능해. 이제 모든 것은 그들의 뜻대로 움직이게 될 거라고."

그때, 블라인드가 내려진 어두컴컴한 방에서 교수는 나지막하게 중얼거렸다. 그런데 그는 지금 도망치듯 뛰어나왔던 그 집 앞에 선 채 숨을 헐떡이고 있지 않은가.

어쩌면 B교수의 말은 연구소에서 일하는 내내 병리학자의 뇌리에 끈덕지게 남아 있던 걸지도 모른다. 그러고는 어떤 설명할 수 없는 상황을 마주하게 된 순간(그러니까 바이러스로 사망했다는 리더의 몸에서 아무것도 발견하지 못했을 때 말이다) 그를 바닷가의 이 집으로 다시 이끈 게 아닐까. 병리학자는 WCDC에서 일하게 된 사실에 들떠 교수가 들려준 이야기를 멍청한 음모론 따위로 넘겨짚었던 것을 후회했다.

교수의 자택은 바다를 내려다보는 바위 절벽 위에 있었다. 작은 문패엔 'B 생명과학연구소'라고 적혀 있을 테지만, 어두워서 보이지 않았다. 벨을 누르고 한참을 기다리니 안에서 누군가가 인터폰을 받았다.

"B 교수님 계신가요? 저는 제자인데…… 마침 이 부근을 지나다가 안부나 여쭈려고 들렀습니다."

그의 말에 인터폰 너머에선 잠시 침묵이 흘렀다. 그러더니 곧 덜컹, 하는 소리와 함께 문이 열렸다. 마당을 가로지르며 그는 오랜만에 만난 교수에게 어디서부터 얘길 시작하면 좋을지 궁리했다. 무작정 들고 나온 검체를 여기서 다시 검사할 수 있을까. 문득 생물안전도 등급 4레벨에 해당하는 시설이 이곳에 없으리란 데까지 생각이 미쳤다. 만에 하나 정말로 이 조직에 치명적인 바이러스가 있다면, 들여다보려는 순간 그는 끝장이었다. 그 혼자만이 아니라 교수도, 그리고 이 주위에 있을 다른 이들, 그와 버스를 같이 타고 온 사람들, 택시기사, 더 나아가서는 세상 전체가 위험해질 것이다. 하지만 그는 곧 고개를 저었다.

'하루 이틀 이 일을 해온 게 아니잖아. 무시무시한 변종 바이러스에 감염된 조직과 화학물질로 망가진 조직은 확연히 다르다고. 바보가 아니고서야 그런 것도 구분 못할 리가 없지. 안 그래?'

그런 식으로 온갖 생각에 골똘히 빠져 있느라 병리학자는 현관문이 어느새 소리도 없이 열린 것을 눈치채지 못했다. 안에서 검은 그림자가 획 나타났을 때 겨우 고개를 들었지만, 이미 뒤에서 누군가가 입을 틀어막은 뒤였다. 그는 발버둥을 쳐봤지만 그러면서도 속으로는 결말을 예상하고 있었다.

19장. 확진자들

얼굴이 모자이크 처리된 이주노동자가 말한다. 그는 302번 확진자다:

247은 내가 일하던 농장에 자주 왔어요. 축산연구소에 다니는 공무원이라고 하더군요. 생각해보면 그는 좀 특이했던 것 같아요. 검사하는 날이 아닐 때도 별다른 이유 없이 그냥 왔으니까요. 와서는 돼지를 한참 동안 바라봤어요. 그러다가 사방을 두리번거리기도 했고요. 아, 이런 일도 있었네요. 그동안 잊고 있었는데 갑자기 떠올랐어요. 그 사람, 247번이라고 했나요? 하여간 그 우주로 보내서 격리했다는 사람 말이에요, 그 사람이 어느 날 또 불쑥 나타났어요. 장화를 신고 하얀 작업복을 입고 있었지요. 그가 오는 게 워낙 자주 있는 일이었기에 우린 신경도 안 쓰고 하던 작업을 마저 하고 있었어요. 난 무릎 높이까지 쌓인 오물을 치우는 중이었죠. 그러다가 허리가 아파서 잠시 쉬려고 몸을 쭉 폈는데 그때 그 장면을 본 거예요. 그는 어떤 돼지의 머리를 쓰다듬고 있었어요. 뭐라고 중얼대기도 하는 것 같았는데 내가 있는 곳까진 들리지 않았지요. 돼지들은 그 사람 앞으로 모여들어 꿀꿀대며 웅성거리고 있었고요. 마치 돼지들의 신 같은 모습이라고 할까. 속으로 난 '미친 사람'이라고 중얼거렸어요. 미친 거 맞잖아요. 돈사에서 나는 악취가 어느 정도인지 알아요? 숨을 쉬기도 힘들다고요. 저녁이면 숙소에 가서 목욕을 하지만 아무리 몸을 씻어도 냄새는 결코 없어지지 않아요. 그 끔찍한 악취는 세포 하나하나, 머리칼 한 올 한 올까지 다 배어서 영원히 남아 있다니까요. (갑자기 코를 킁킁대며 자기 몸의 냄새를 맡는다.) 봐요, 지금도 나는 거 같지 않아요? 이 수용소에 끌려온 지 일 년도 넘었는데 아직도 악취가 사라지지 않는다고요. 그런데 그는 거기 들어와서 오물투성이 돼지들을 어루만져주고 있었으니. 그건 정상적인 사람이 할 행동은 아니죠. 얼마나 지났을까, 그가 있던 쪽을 보니 아무도 보이지 않았어요. '드디어 갔군.' 처음엔 이렇게만 생각했죠. 그러다가 뭔가 이상한 느낌이 들어 우리 구석을 보니, 글쎄 그 사람이 돼지를 끌어안고 있지 뭐예요. 그건 진짜 이상한 광경이었어요. 어디서도 본 적 없는 장면이었다고요. 호기심에 이끌려 나는 그에게 다가갔어요. 지저분하고 질척한 바닥에 무릎을 꿇고 앉아 있던 그 사람이 인기척을 느끼고는 뒤를 돌아봤지요. 나는 그에게 물었어요.

—무슨 일 있어요?

그는 별일 아니라며 고개를 저었어요. 돼지를 안고 있던 게 부끄러웠는지 나와 눈을 마주치려고도 하지 않았지요. 그래도 그런 그를 모른 척할 순 없어서 나는 다시 말했죠.

—어떤 사연인지는 모르지만, 신은 당신을 축복할 겁니다. 동물

에게까지 사랑을 보여줬잖아요.

그러자 그가 드디어 입을 열었어요. 그 사람은 오른손 검지로 자기 머리를 가리켰어요.

—여기가 아파서 잠을 못 잔 지 오래됐습니다. 꿈에 자꾸 애네들이 나오거든요.

그 후로 그는 양돈장에 올 때마다 나를 찾았어요. 우리가 일종의 친구 같은 게 됐으니까요.

알고 있어요. 나에 대해 어떤 소문이 도는지. 내가 그에게 바이러스를 옮겼을 거라고 수군대는 이들이 있다는 것도 알아요. 단지 내 고향이 순가이 니파라는 마을과 가깝다는 사실 하나 때문에. 양돈장 사장도 247이 끌려간 다음 나를 불렀어요. 그러고는 다짜고짜 욕을 하며 소리쳤죠. 그는 내가 자길 망하게 했다며 울부짖었어요. 아니요, 놀라거나 두렵진 않았어요. 어차피 그런 일을 당했던 게 한두 번이 아니니까요. 난 그가 소리치는 것을 들으며 묵묵히 서 있었어요. 솔직히 사장이 그러는 것도 조금은 이해가 갔고요. 이제 양돈장은 문을 닫고 돼지는 모두 죽을 텐데, 그러면 모든 게 끝나는 거잖아요.

다시 하던 이야기로 되돌아갈게요. 그와 친해진 뒤, 난 비밀을 말해줘도 되겠다는 확신이 들었어요. 내가 어디서 약을 얻었는지. 왜냐하면 그 사람은 자기가 아픈데도 처방전을 받을 수 없다고 했거든요.

—이제 이곳에선 아픈 게 죄입니다.

알 수 없는 말을 중얼거리는 그에게 난 손바닥을 펼쳐 보였어요. 내 손 위에 놓인 하얀 알약을 보고 그는 깜짝 놀라더군요.

—이게 뭡니까?

　나는 사실대로 말했어요. 내가 어떻게 해서 불법 이주노동자가 되었는지, 왜 아무리 열이 나도 병원에 갈 수 없게 됐는지에 대해서. 그러고는 그에게도 가르쳐줬지요.

　—시내에 약국이 있어요. 거기선 우리 같은 사람들에게 열이 내리는 약을 줘요. 그 약사가 아니었다면 나는 다른 도시에 사는 아내에게 다녀오지도 못했을 거예요. 알잖아요. 열이 있으면 어느 역도 어느 터미널도 통과할 수 없다는 것을.

　의심에 가득 차 쳐다보는 그에게 난 안주머니에 넣고 있던 아내의 사진을 보여줬어요.

　—당신도 가봐요. 그는 분명히 도와줄 거예요.

　하지만 247이 그렇게 되고 난 후, 나는 수십 번도 더 자책했어요. 그에게 약국을 소개해주지 않았더라면 이 모든 일이 일어나지도 않았을 테니까요. 그가 들킨 건 숨기고 있던 해열제를 떨어뜨렸기 때문이라면서요? 나는 이게 다 내 잘못 같단 생각을 자주 해요. 어쨌거나 지금 양돈장은 없어졌고 돼지들은 사라졌어요. 나 또한 이 모양이 되고 말았죠. 봐요, 이런 죄수복 같은 옷을 입은 채 언제까지고 격리되어 있어야 한다고요.

　바로 옆방에 격리된 양돈장 주인의 얼굴은 잔뜩 상기되어 붉다.

　그의 가슴엔 303번이라는 명찰이 달려 있다:

　그 외국인 노동자는 사악한 놈이야. 그 자식은 거짓말을 하고 있다고. 잘 들어. 양돈장이 망하고 키우던 돼지가 다 죽어서 그를 미워하는 게 아니야. 그놈이 당신들에게 말하지 않은 게 뭔지 아쇼? 그래, 어느 깊은 밤이었을 거야. 난 그날 일이 있어서 시내에 갔다가 늦게 돌아왔지. 트럭을 몰고 컴컴한 시골길을 들어오는데 들판 너머 지평선 쪽에서 어떤 그림자 같은 게 움직이는 걸 봤어. 나는 트럭에서 내린 다음 옆에 놔뒀던 야구방망이를 들고 그쪽으로 갔어. 그러고 보면 우리나라도 미국처럼 총기를 소지할 수 있게 해줘야 하는데, 안 그렇소? 그런 밤, 아무도 없는 들판을 맨몸에 배트 하나만 들고 걸어가는 건 너무 위험하니까. 하여튼 난 조심조심 걸어갔어. 어둠 속에서 처음 봤을 땐 들판 끝 그림자가 그리 멀지 않게 느껴졌는데 막상 거기까지 걸어가려니 생각보다 시간이 오래 걸려 의아하기도 했지.

그림자에 거의 다 닿았을 즈음 나는 가까이 있던 나무에 몸을 숨겼어. 숨어서 보니 하나인 줄 알았던 그림자는 둘이더군. 둘은 텅 빈 들판에 마주 서서 뭔가를 쑥덕대고 있었어. 그런데 말이오, 사람에겐 직관이라는 게 있잖소. 난 그때 직감적으로 그런 걸 느꼈어. 저기 있는 두 놈은 위험한 놈들이다, 이런 경고가 머릿속에서 댕댕 울렸다고나 할까. 모른 척하고 슬쩍 돌아서서 트럭에 올라탄 뒤 가던 길을 가는 게 낫지 않을까, 몇 번을 생각했는지 몰라. 하지만 결국 난 결심하고는, 주머니에서 손전등을 꺼내 그들에게 비췄어. 동시에 야구방망이를 휘두르며 외쳤지.

　―남의 땅에서 뭘 하는 거야?

그러자 두 놈은 벌떡 일어서며 손으로 눈을 가리더군. 그들이 들고 있던 돌멩이 비슷한 게 바닥으로 툭 떨어졌어. "사장님, 유성이 떨어지는 걸 보러 나왔는데, 마침 이분이 먼저 나와 있기에 얘기를 나누고 있었을 뿐이에요." 대답 소릴 듣고 그 녀석이 양돈장에서 일하는 외국인이라는 것을 알았지. 하지만 같이 있는 남자가 누군지는 모르겠더라고. 난 야구방망이를 아래로 내리고는 그들에게 좀 더 가까이 다가갔어. "정말이야? 뭔가 다른 꿍꿍이가 있던 건 아니고?" 내가 다그치자 라집은(참, 얘기했던가, 그놈 이름이 라집이라고?) 힘주어 고개를 저었어. 그는 자기네 나라에선 유성이 쏟아지는 날 신의 뜻이 지구에 와 닿는다는 믿음이 있다며, 그래서 기도를 하러 나왔다는 거야. 솔직히 그놈을 믿진 않았어. 돼지고기도 안 먹는다면서 양돈장에선 잘도 버티던 놈의 말을 어떻게 믿어, 안 그렇소? 그때 바닥에 떨어진 커다란 돌멩이 같은 게 눈에 띈 거야. 난 그걸 야구방망이 끝으로 가리켰지. "근데 저건 뭐지? 내가 오니까 숨기듯 던졌잖아." 라집은 우물쭈물하며 대답을 망설였어. 순간 머릿속에 의혹이 휙 스치더군. 놈들이 끔찍한 일을 꾸미던 중이었을 거라는 기분 나쁜 예감. 뭐라고 한마디 더 하려는데 갑자기 그가 앞으로 나서지 뭐야. 라집과 같이 머리를 맞대고 서 있던 그 남자. 뭐, 이젠 다 알고 있겠지만, 지금은 그자를 247이라고 부른다면서. 정확히는 '247번 확진자'겠지. 하여간 그는 내게 손을 내밀며 말했어. "안녕하십니까. 혹시 기억하실지 모르겠군요. 근처 축산연구소에서 근무하는 김홍섭이라고 합니다." 공무원이라는 말에 난 화들짝 놀랐어. 제길, 공무원을,

그것도 축산연구소 놈들을 그 시간에 그런 데서 만날 줄이야. 왜 그리도 공무원을 싫어하는지는 묻지도 마쇼. 그들은 우리 같은 사람들에게 시비를 걸고 트집을 잡기 위해 돌아다니는 족속들이니까. 아무리 규정대로 잘해도 놈들은 생각지도 못한 데서 문제를 찾아내거든. 그러고는 보란 듯이 벌금을 매기거나 영업정지를 때린다고. 어쨌든 그자가 공무원이라는 사실에 나는 기가 죽었어. 지은 죄도 없는데 죄인이 된 기분이 들어서 어깨를 잔뜩 움츠렸지. "아, 이거 미안하게 됐습니다. 난 그냥 와본 거였으니 하던 일을 마저 하시지요. 그럼 이만." 그러면서 돌아서는데 공무원이 소리치더군. "걱정하지 마십시오. 저 돌은 좀 전에 우리가 주운 운석일 뿐이니까요. 내일 날이 밝으면 가까운 대학교 천문학과 교수에게 가져가서 좀 봐달라고 할 생각이었습니다." 난 대충 알았다고 한 뒤 얼른 트럭으로 돌아왔어.

나중에 247이 그런 사악한 놈이라는 게 밝혀진 뒤에, 뉴스를 보고 내가 얼마나 후회했는지 아쇼? 그때, 놈들이 운석인지 뭔지를 들고 계획을 짜고 있을 때 바로 신고했어야 하는데. 정말이지 당시엔 아무것도 눈치채지 못했다니까. 여기 격리된 다음 그 잡지를 보기 전까진 말이야. 잠깐, 그전에 먼저 라집에 대해 말해줘야겠군. 놈의 어리숙한 척하는 겉모습에 속지 말라고. 그놈이 난민 출신인 건 아쇼? 왜 자기 나라에서 살지 못하고 도망쳐 나왔는지 모르지만, 거기선 대학까지 나왔다더군. 생물학인지 미생물학인지 뭐 그런 걸 전공했대. 직접 들은 건 아니야. 라집이랑 같이 일하는 다른 애들이 말해준 거지. 그런데 말이야, 공부 좀 했다는 놈이 이렇게 험한 데 와서 일했던 건 딴 꿍꿍이가 있어서 아니었을까? 그놈은 비뚤어져 있었어. 세상을 증오하고 미워했다고. 그런데 마침 거기에 운석이 떨어진 거지. 그게 무슨 상관이냐고? 어휴, 대체 그 잡지의 기사를 읽어본 거요, 안 읽어본 거요? 그날 밤 들판에 떨어진 운석엔 그게 묻어 있었다고! 외계 바이러스 말이야. 사실 알 만한 사람은 다 알지 않나? 변종 니파인가 뭔가 하는 게 외계에서 왔다는 걸? WCDC가 아무리 숨기고 쉬쉬해도 소용없다니까. 그리고 라집은 이 모든 걸 배후에서 기획한 거고. 생물학을 공부한 놈은 이미 알았을 거야. 운석에 묻어온 우주 바이러스가 돼지들 몸속에 있던 니파바이러스를 더 끔찍하고 무섭게 변이시킬 수 있다는 것을. 그는 247이야말로 적당한 숙주라고 생각했을 거야. 축산연구소에 일하면서 일대의 모든 돼지 농장을 돌아다니는 사람이니 병균을 퍼뜨리기도 그만큼 쉽겠지. 안 그렇소? 만약 세상의 모든 돼지가 바이러스에 감염된다면, 그 다음 수순은 당연히 인간일 테니까. 그게 성공하면 라집은 소원대로 인간을, 그것도 한국에 사는 인간들을 다 몰살할 수 있다고 계산한 게 틀림없어. 뭐라고? 그가 뭣 때문에 그런 짓을 했겠느냐고? 하, 이렇게 순진한 양반을 봤나. 그놈들은 우리한테, 이 땅과 여기 사는 사람들 모두에게 앙심을 품고 있었어. 갈 곳 없는 놈들을 받아주고 잘 곳과 먹을 것을 줬는데도 언제나 불만투성이였지. 자기들에게도 인권이 있다나 뭐라나 떠들면서 말이야. 물론 난 들은 척도 하지 않았어. 그런 놈들은 부탁을 들어주면 들어줄수록 고맙게 여기긴커녕 더 큰 걸 요구하는 법이니까. 그래서 하는 말인데 혹시 이런 얘기 들어

본 적 있소? 나도 예전에 영화로 본 건데, 어떤 광대에 대한 거였어. 그 광대는 떠돌이 거지였는데 왕의 은혜로 성에 살게 됐지. 하지만 놈의 마음엔 고마움 대신 복수심이 가득했어. 귀족들이 자길 무시한다고 생각했기 때문이야. 사실 아무도 그를 무시하지 않았거든, 적어도 내가 보기엔 그랬어. 난쟁이를 난쟁이라고 한 게 뭔 잘못이냐고, 안 그래? 여하간 광대는 차곡차곡 복수 계획을 짰어. 그러고는 어느 무도회의 밤, 성 전체에 불을 질러 왕과 귀족들을 한 번에 다 죽여버리고 만 거야. 놈은 밖에서 문을 잠가서 아무도 도망치지 못하도록 해둔 뒤 바닥에 석유를 뿌렸다고. 그런 다음 천장에 매달린 거대한 샹들리에를 아래로 떨어뜨렸지. 샹들리에의 촛불이 바닥에 옮겨 붙어 왕과 귀족들이 산 채로 타오르며 내는 끔찍한 비명을 듣고, 광대는 킬킬 웃기 시작해. 휴, 지금 떠올려봐도 몸서리가 나는군. 일렁이는 붉은 불빛에 광대의 웃는 입은 거의 귀까지 찢어져 있었지. 라집 역시 마찬가지였을 거야. 그놈도 온석을 이용해서 기존의 바이러스를 더 강력하게 변이시키고 그걸 모두에게 퍼뜨림으로써 이 땅을, 더 나아가서는 세상 전체를 불타는 성으로 만들어버릴 계획을 꾸민 거라고. 글쎄, 나도 그건 잘 모르겠어. 247도 처음부터 이 계획에 동참한 건지, 아니면 그저 라집에게 이용만 당한 건지는. 그런 악마 같은 놈들의 속내를 우리가 어떻게 알겠느냐고. 잠깐, 얘기하다 보니 퍼뜩 떠오른 건데, 혹시 247과 라집, 불법 해열제를 줬다는 약사와 그걸 감춰준 의사, 이들이 다 한통속 아니었을까? 암만 생각해도 그게 가장 말이 되는군. 세상 사람이 다 아프고 병들면 가장 이익을 보는 놈들이 누구겠냐고. 의사와 약사잖아. 그렇지 않고서야 어떻게 이런 끔찍한 일이 벌어진 것을 설명할 수 있겠어?

하여간 날 보라고. 내 꼴을 보라니까. 이 모양이 되고 말았어. 돼지는 다 죽고 농장은 사라지고—바이러스가 더 퍼지는 걸 막는다며 아예 불태워버렸지—가족들은 뿔뿔이 흩어져 제각각 다른 격리 센터에 수용됐지. 당국은 내게 아무것도 말해주지 않아. 내 안의 바이러스가 어떤 식으로 변모해가고 있는지, 죽었는지 살았는지, 전혀 아무것도 알려주지 않는다니까. 난 시체와 다를 바 없어. 이 병엔 약도 없다며? 변종 니파바이러스가 완전히 없어질 때까지 여기 격리되어 살아야 한다면, 죽은 것과 무슨 차이가 있지? 차라리 죽는 게 낫지 않을까? 죽기라도 하면 이런 느낌에 시달리진 않을 테니까. 아침에 눈을 뜨면 심장이 조여드는 것 같아. 이 좁아터진 방에서 한 발짝도 나갈 수 없다는 사실에 폐소공포증이 밀려온다고. 어쩌면 247이 나보다 나은 신세인지도 모르지. 놈은 우주로 날아갔잖아. 사방 아무것도 없는 텅 빈 공간. 그 광대무변하고 탁 트인 곳으로. 어떤 부자들은 저기 성층권까지만 다녀오는 데도 수천억씩 쓴다며? 그런데 247은 공짜로 우주여행을 한 거나 마찬가지라고. 게다가 요샌 놈을 신으로 떠받드는 사람들까지 있다더군. 나도 얼마 전 뉴스에서 본 건데, 별 미친놈들이 사원 같은 데 모여서 울고 기도하고 악을 쓰더라고. 247이 현대판 예수라나 뭐라나 하면서 말이야. 솔직히 난 그가 부러워. 247 대신 내가 인류 최후의 숙주로 판정받았으면 어땠을까? 그러면 이런 수용소에서 여생을 보내지 않아도 되는 건데. 이젠 내가 돼지들보다 못한 신세에 처하고 말았다니까. 돼지우리보다 좁은 방에 갇혀서 광인처럼 왔다 갔다 하며 하루를 보내니 말이야. 이러고 구차하게 사느니, 247처럼 화끈하게 우주로 날아가 콱 죽어 버리는 게 낫지. 암, 훨씬 낫고말고.

뭐라고? 247이 죽었다고? 우주에서? 정말이오? 아니, 그럴 리가 없어. 난 안 믿을 거야. 놈은 불멸이야. 우릴 이렇게 만들고 돼지를 몰살시킨 악마 같은 놈을 그렇게 쉽게 보내줄 순 없다고! 놈은 더 고통받아야 해. 영원토록 죽지 못한 채 온갖 고독과 슬픔과 외로움에 시달려야 한다고! 저리 가. 난 믿지 않을 거요, 절대로, 아무것도. 눈앞에 죽어 나자빠진 247의 몸뚱어릴 가져오면 모를까. 어럼도 없지!

(잠시 숨을 고르는 양돈장 주인. 그는 갑자기 생각난 듯 격리실 안 작은 침대 밑 매트리스를 뒤진다. 곧 뭔가를 꺼내 들더니 잠긴 문밖에 흔들어 보인다.)

이게 뭔지 아쇼? 내가 아까 말한 그 잡지야. 운석에 묻어온 바이러스에 관한 비밀. 그게 여기 실려 있다고. 이따 이 수용소를 나갈 때 관리실에 들러서 잡지를 받아가도록 해. 미리 맡겨둘 테니 가서 읽어보라니까. 아, 물론 감염 걱정은 하지 말고. 왜냐하면 이곳에서 나가는 모든 물품은—사람까지 포함해서, 당연히 죽은 사람에 한해서지만—완벽하게 소독 살균되니 말이야.

20장. 불타는 성에서

이야기를 마친 양돈장 주인이 격리실 안에서 불안한 듯 이리저리 왔다 갔다 한다. 언제 닦은 건지 알 수 없는 유리는 이미 뿌옇다. 밖에서 지켜보던 기록자는 주머니에서 알코올 티슈를 꺼내 유리를 문지른다. 그제야 안이 들여다보인다. 양돈장 주인은 언제 세탁했는지 알 수 없는 낡고 더러운 파자마를 입고 있다. 식판엔 먹다 남긴 음식이 흩어져 있는데, 어떻게 보면 일부러 집어던진 것 같기도 하다. 기록자는 묻는다.

—좀 전에 한 이야기를 진짜 믿고 있는 겁니까?

턱을 괸 채 격리실 안을 빙빙 돌던 양돈장 주인이 유리 밖을 휙 쳐다본다. 그는 기록자가 무슨 말을 하는지 알 수 없다는 표정으로 멍하니 쳐다본다.

—그, 운석에 관한 얘기 말입니다.

그래도 양돈장 주인의 눈빛은 어리둥절하다. 어쩌면 너무 오랜 격리 생활이 그의 인지능력까지 모두 집어삼킨 걸까. 기록자는 수십 년 전 캐나다의 어느 대학교에서 했던 실험을 떠올린다. 깊은 고독이 인간에게 미치는 영향을 알기 위해 벌였던 무모하고 끔찍한 실험. 그때 피실험자들은 아무런 감각도 느끼지 못하도록 차단된 채 작은 방에 갇혀 있었다. 그들은 하루를 참을 때마다 돈을 받았음에도 불구하고 이틀째부턴 방을 뛰쳐나왔다. "미칠 것 같았어요. 단 하루라도 더 버티다간 살아서 나가지 못할 거라는 걸 알았죠!" 더는 참지 못하고 실험을 포기한 이들은 하나같이 이렇게 외쳤다. 그들 중 일부는 이런 말을 하기도 했다. "죽은 어머니가 나타나서 내 앞에 어른거렸어요. 세상에 존재하지 않는 모든 것들이 방 안에 가득했다고요."

그 일화를 떠올리며 기록자는 참을성 있게 다시 묻는다.

—바이러스를 변이시킬 뭔가가 운석에 묻어서 왔을 거라는 가설 말이에요. 그걸 주운 라짐이 247을 숙주로 이용해서 온 세상에 퍼뜨렸다고 했잖아요.

그제야 양돈장 주인의 탁한 눈에 약간의 빛이 감돈다.

—그래, 맞아. 내가 그렇게 말했지. 그런데 이봐, 지금이 도대체 몇 년도지? 아니, 아니지. 그게 다 무슨 의미가 있겠어? 사실대로 말하자면 여기가 어딘지도 난 알고 싶지 않아. 아니, 그보다도 내가 살아 있긴 한가? 이게 다 꿈일지도 모르지, 안 그렇소?

혼자서 중얼대던 양돈장 주인이 간유리 밖을 내다본다.

—당신이 하는 짓도 역시 소용없다고. 그걸 알아야 해. 기록 따윈 왜 하는 거냐고. 누가 읽어주겠어? 병들어 죽은 사람들의 사연. 바이러스에 감염된 존재들의 지저분하고 우울한 이야기. 누가 잘했고 누가 잘못했는지, 어째서 감염이 시작됐고 어디에 책임이 있는지, 그

런 걸 도대체 어떤 이들이 궁금히 여기겠느냐, 이 말이오. 질병이 지나가면 다 잊게 마련인데……. 어차피 죽을 사람은 다 죽었고 돼지는 사라졌어. 기록한다고 죽은 이가 되돌아오는 것도 아니고 바이러스가 영원히 없어지는 것도 아니잖아. 내가 격리실에서 나갈 수 있는 것도 아니고 247이 자기가 저지른 죄에 합당한 벌을 받는 것도 아니라고. 뭐 하나 달라질 게 없는데 왜 그깟 기록 따위를 남겨야 하지? 게다가 내 생각에 당신이 남기고 있다는 기록 역시 객관적이거나 진실에 정확히 부합하는 게 아니야. 시간 순서에 의해 명확하게 전개되지도 않고, 그야말로 제멋대로 들쑥날쑥, 변종 니파바이러스에 관계된 사람들의 갖가지 기억을 마구 받아 적은 것에 불과하잖나. 그러니 이제 그만 가보쇼. 돌아가라고. 나도 더는 그런 바보 같고 멍청한 작업에 힘을 보태고 싶지 않으니까.

그때 밖에서 어떤 소리가 들려온다. 저벅저벅 걸어오는 발소리. 양돈장 주인이 흠칫 놀라며 작은 유리에 얼굴을 대고 복도 끝을 바라본다.

―관리인이 온 거요? 벌써 면회 시간이 끝난 건가?

아니나 다를까, 다가온 이는 방역복을 입은 관리인이다. 그는 수신호로 면회가 끝났음을 알린다.

―잠깐만요, 내 얘기가 아직 안 끝났다니까. 게다가 난 저 사람에게 전달해야 할 물건이 있어. 이 잡지, 이걸 줘야 한다고.

양돈장 주인은 다급히 유리 안쪽에서 얇은 책자를 흔들어 보인다. 관리인은 알았다는 듯 고개를 끄덕인다. 곧 방역복 바깥에 달린 작은 스피커에서 기계음 같은 목소리가 흘러나온다.

—잠시 후 수거하러 오겠습니다. 환자는 진정하고 자리에 앉아 기다리십시오. 다시 한번 말합니다. 잠시 후 물건을 수거하러 올 테니 환자는 진정하고 자리에 앉아 기다리십시오.

동시에, 파팟- 하는 소리가 나더니 기록자의 눈앞에서 모든 광경이 사라진다. 그리고 어둠 속에 떠오르는 문자.

—일루전 1:1 채팅이 종료되었습니다.

기록자는 팔목에 차고 있던 리모컨 버튼을 누른 뒤 의자에 털썩 주저앉는다. 그는 문득 궁금해진다. 과연 양돈장 주인은 알고 있을까? 그들이 일루전의 홀로그램 영상으로 만나 대화한 것에 불과하다는 사실을? 수용소에 격리된 사람은 영원히 외부인을 만날 수 없고, 서로와 서로는 이렇게 환영 대 환영으로만 이야기 나눌 수 있다는 사실을?

어둠 속에서 홀로 앉아 있는 기록자의 팔목에서 신호음이 울린다. '문서가 도착했습니다. 발신인: 양돈장 주인' 기록자는 얼른 뷰어를 열고 양돈장 주인이 수용소 관리인을 통해 보낸 잡지의 첫 페이지를 읽기 시작한다.

종말의 징후는 전혀 뜻밖의 장소에서 떠올랐다. 애리조나 사막 한가운데 작은 개인 천문대를 짓고 살던 괴짜 천문학자가 놀라운 사실을 발견했기 때문이다. 사무엘 베이커라는 흔한 이름을 가진 그 남자는, 어느 날 작은 운석을 주웠다. 전날 밤, 여느 때와 다름없이 망원경으로 밤하늘을 관찰하던 그는 반짝하고 빛나는 뭔가가 허공을 가로지르며 아래로 떨어지는 광경을 보았다. 사무엘 베이커는 얼른 노트를 꺼내 그것이 떨어졌을 장소의 위도와 경도를 기록했다. 아침이 되자마자 그는 간밤에 측정해둔 위치를 기록한 노트를 들고 무작정 망망대해 같은 사막을 이동했다. 해가 중천에 뜨고도 한참 지났을 때쯤 천문학자는 검게 탄 돌을 찾아냈고 기쁨의 탄성을 질렀다. 그는 그것을 배낭에 넣고 빠른 걸음으로 집으로 돌아왔다.

그날 저녁, 주립대 천문학과 교수인 C. 림피는 낯선 이로부터 전화를 받았다. "여보세요, 림피 교수입니다만." 마침 퇴근 준비를 하고 있던 차라 약간은 귀찮게 전화를 받은 그에게, 전화선 너머 상대방은 흥분된 목소리로 외쳤다. "안녕하세요. 제 이름은 사무엘 베이커. 어젯밤. 발견. 운석. 소행성. 대단한. 인류의. 운명. 중요한. 서둘러야. 연구의 계기." 그러나 송신 상태가 좋지 않아 림피 교수가 알아들은 말은 위의 몇 단어에 불과했고, 그나마도 갑자기 끊기고 말았다.

"뭐라는 거지?" 전화기에 찍힌 번호로 되걸어볼까도 생각했지만 림피 교수는 퇴근 시간을 칼같이 지키는 편이었다. '중요한 전화라면 다시 걸겠지.' 그는 이렇게 중얼대며 연구실 문을 잠그고 집으로 가버렸다. 하지만 그 이후 전화는 다시 오지 않았고 교수는 모든 걸 잊고 말았다. 나중에, 그러니까 약 일주일 후 지역 타블로이드신문 1면에 뜬 기사를 보고 며칠 전 받았던 전화를 다시 떠올리게 될 때까지는.

"죽음의 바이러스를 실은 운석 낙하! 인류 절멸은 시간 문제?"

위와 같은 헤드라인과 함께, 거기엔 이런 내용이 실려 있었다.

'사막에 혼자 살며 천문을 연구하던 남자가 죽었음. 그의 이름은 사무엘 베이커(58세). 사인은 불명이나, 바이러스 감염에 의한 사망으로 추정됨. 법의학자는 감염을 유발한 미생물이 어쩌면 지구의 것이 아닐지도 모른다고 주장함. 그 의견을 뒷받침하듯 죽은 베이커의 집에서는 의문의 운석이 발견됨.'

신문을 내려놓자마자 림피 교수의 연구실로 또 한 통의 전화가 걸려왔다. 이번에도 낯선 목소리이긴 했지만 그쪽에선 자신들이 어느 기관 소속인지를 먼저 밝혔다. "지금 당장 국가안보국 애리조나 지부 사무실로 와주시오. 비상사태입니다. 우린 당신과 같은 전문가의 의견이 필요하오."

림피 교수가 사륜구동차를 몰고 NSA(국가안보국) 사무실에 도착했을 때, 그를 기다리는 이들 중엔 NASA(항공우주국)의 전문연구원도 여럿 섞여 있었다. 이후 벌어진 일은 다음과 같다. 사무엘 베이커가 마지막으로 전화를 건 장소는 자기가 기거하던 천문대 겸 오두막에서 멀리 떨어진 국도변 주유소였다는 것. 그가 살던 곳은 워낙 외져서 평소 스마트폰 신호가 잡히지 않았기에 어쩔 수 없이 거기까지 나와 전화를 해야만 했다는 것. 사무엘은 자신이 발견한 의문의 운석 조각에 대한 정보를 그 분야의 권위자인 림피 교수에게 알리고자 했다는 것. 하지만 주유소의 공중전화도 상태가 그리 좋진 않았다는 것. 결국 그는 다음날 주립대에 있는 교수의 연구실로 직접 찾아갈 요량으로 전화를 끊고 집으로 돌아왔다는 것. 그런데 이상하게 새벽부터 으슬으슬하게 춥더니 약간의 감기 기운 같은 걸 느꼈다는 것. 뜨거운 코코아를 마시고 운석을 만지작거리는데 갑자기 잠이 쏟아지더니 자기도 모르게 스르르 잠든 사무엘 베이커는, 일주일 뒤 인근 언덕에 기지국 공사를 하기 위해 들렀던 통신사 직원들에게 발견됐다는 것. (이와 관련해서 덧붙이자면, 사무엘은 통신사 입장에선 일종의 블랙컨슈머였다. 그는 별을 관측하는 시간과 별에 관해 연구하는 시간을 뺀 나머지 모든 시간을, 통신사에 클레임을 거는 데 사용했다. "빨리 기지국을 설치하란 말이오! 우리에겐 자유롭게 통신할 권리가 있소! 요즘 같은 시대에 그건 거의 천부인권이나 마찬가지지. 안 그렇소?" 아침부터 저녁까지 툭하면 주유소 공중전화를 통해 이렇게 외치는 사무엘 베이커에게 지친 나머지, 통신사는 그의 오두막 부근 어딘가에 임시 기지국을 설치하기로 마음먹었다. 결과적으로 '통신'에 대한 사무엘의 강렬한 열망은 어느 정도 필요한 역할을 해낸 셈인데, 만약 그런 클레임을 제기하지 않았다면 그의 시체는 훨씬 나중에야 발견됐을 것이기 때문이다. 마른 모래바람과 건조한 기후 덕분에 거의 미이라가 된 상태로 말이다) 중요한 사실은 얼마 후 통신사 직원들과 주유소 주인이 사무엘 베이커와 비슷한 증상을 앓다가 차례로 죽음을 맞았다는 것. 마침내 베이커의 집에서 발견된 운석에 대해 연구가 시작됐고 (확실하진 않지만) 거기서 유래된 미지의 바이러스가 그들 죽음의 원인이라는 결론이 났다는 것.

다 읽은 기록자가 고개를 젓는다.

—겨우 이런 삼류 SF를?

하지만 다시 생각해보면 양돈장 주인의 망상 속엔 분명히 슈퍼전파자로 확진된 247이 있고, 어디서 흘러들어왔는지 알 수 없는 외국인이 있으며, 무엇보다도 하늘에서 떨어진 운석이 있지 않은가. 양돈장 주인은 자신과 가족을 평생 먹여 살린 돼지들에게서 그리고 그 돼지들 주위를 맴돌던 박쥐들에게서 바이러스가 생겨났다고 믿느니, 차라리 말도 안 되는 운석, 외국인, 사악한 슈퍼전파자의 괴담을 믿는 게 훨씬 편할 것이다. 공포영화에서 가장 무서운 장면은 언제나 자기 집 내부에 숨어 있는 살인마였으니까.

21장. 신고자의 두 번째 증언

그렇습니다. 처음엔 까맣게 잊고 있었어요. 내가 주치의에게 알약을 가져가 보여줬다는 사실 자체를요. 난 바빴고 계단에서 부딪친 남자가 떨어뜨린 알약 같은 것에 계속 신경 쓸 여유는 없었으니까요. 그동안 열이 나거나 별다른 증상은 없었냐고요? 전혀요! 정말 아무렇지도 않았어요. 아까도 얘기했지만 나는 몸의 아주 미묘한 변화까지도 모두 체크하며 지내는 편이에요. 집 안엔 체온 감지 시스템이 설치돼 있고 WCDC에서 권고한 대로 건강 상태를 실시간으로 점검하는 모니터까지 달아뒀다고요.

하긴, 이 모든 게 얼마나 무의미한 짓이었는지는 나도 알아요. 그렇게 해 봤자 결국엔 그곳을 거쳐—바이러스 선별검사소 말이에요. 혹시 자신이 감염된 건 아닌가 싶어 공포에 떠는 창백한 사람들이 어깨를 구부정하게 늘어뜨린 채 줄 서 있는 기분 나쁜 장소. 아무 문제 없던 이들조차 거기만 갔다 오면 이상해져버리고 마는 곳. 그러고 보니 이런 뉴스를 본 적 있어요. 바이러스가 창궐한 후 전 세계에서 불안과 우울, 공포에 시달리는 사람들이 크게 늘었다더군요. 그들은 스스로 격리된 방에서 혼자 두려워하다가 마침내는 그 압도적인 공포에 짓눌려 목숨을 끊기도 한다네요. 지금 바이러스 감염으로 죽은 사람보다 다시 시작된 팬데믹에 대한 두려움으로 자살한 이들이 더 많다는 것도 그 증거일 테고요—여기 와 있으니까요. 꽉 막힌 벽, 좁아터진 창문, 숨조차 쉬기 힘든 이 격리실에.

어쨌든 다시 한번 말하지만, 처음엔 다 잊고 지냈어요. 알약이든 의사든 뭐든. 세상이 워낙 흉흉했으니까요. 새로이 도는 역병의 치사율이 60퍼센트가 넘는다는 소문이 들려왔고 스마트폰엔 확진자 동향을 알리는 문자가 수시로 떴어요. 더 무서웠던 건 그다음에 나온 뉴스들이었지요. 환자는 기하급수적으로 늘고 있는데 역학팀이 아무리 조사를 해도 슈퍼전파자가 누구인지 찾아낼 수 없다는 기막힌 소식 말이에요. 확실한 건 그 슈퍼전파자가 이 도시에 거주하고 있다는 거였는데…… 그래서 그즈음부턴 나도 아예 밖으로 나가지 않게 된 거예요. 언제 어디서 얼굴 없는 슈퍼전파자를 만날지 모르니까요.

그런 식으로 며칠을 지냈을까, 글쎄, 하루는 라면이 너무 먹고 싶어서 잠깐 집 앞 편의점에 갔는데, 진열대 뒤에 서 있는 사람의 입에서 기묘한 입자들이 뿜어져나오지 뭐예요. 심지어 그는 KF94 마스크까지 끼고 있었는데. 놀라서 보고 있는 동안 입자들은 서서히 커지며 내 앞으로 밀려왔어요. 맙소사, 그건 변종 니파바이러스더군요. TV에서나 보던 작고 작은 바이러스. 가까이 밀려온 바이러스들은 정이십면체 형태에 사악하게 생긴 발이 달려 있었어요. 난 무조

건 도망쳤지요. 라면이고 뭐고 다 팽개치고 집으로 달려와 문을 잠가버렸다고요. 물론 알고는 있어요. 그게 다 망상이라는 것을. 그렇지만 어떡해요? 자꾸 그런 게 보이는 걸? 하여간 그러고 들어와 어두운 거실에서 불도 안 켜고 앉아 있는데 이번엔 밖에서 째지는 듯한 비명이 들려오더라고요. 잠시 망설이다 커튼을 아주 조금만 열고 밖을 내다보았죠. 소리는 맞은편 골목에서 들려오는 것 같았어요. 아니나 다를까, 곧 방역복을 입은 사람들이 한 여자를 끌고 나오는 게 보였어요. 그들은 구급차에 그녀를 강제로 태우려 했지만 여자는 죽기 살기로 저항하고 있었지요. 더는 참을 수 없어 코트를 걸치고 마스크를 한 다음 밖으로 나가봤어요. 이미 다른 사람들도 나와서 팔짱을 낀 채 웅성대며 그 광경을 지켜보고 있더군요.

　"무슨 일인지 아세요?" 누군가가 옆 사람에게 묻는 소리가 들렸어요. 그러고는 곧 들려온 대답. "열이 있는데도 그냥 돌아다니던 여자가 방역감시원에게 잡혔어요." "아니, 어떻게 그걸 알 수 있죠?" "하늘을 봐요. 저게 열 감지 드론이라고 하네요. 저렇게 공중을 날아다니다가 체온이 정상 범위 밖인 사람을 찾아내 검사소로 데려가는 거죠." 난 위를 올려다봤어요. 수십 대의 드론이 밤하늘을 가득 채운 채 원을 그리며 돌고 있더군요. 그 많은 드론들이 편대를 이루어 하늘을 나는 광경은 마치 거대한 검은 까마귀들이 시체를 찾아 선회하는 것 같았지요. 그때 또 누군가가 묻는 소리가 들렸어요. "그런데 왜 드론이 이 동네 하늘에만 이렇게 많은 거죠?" 그러자 이번에도 어디선가 대답이 들려왔어요. "정말 몰라요? 여기 왜 저리도 많은 드론이 떠다니는지?" 그 목소리엔 이상한 자조감이 섞여 있었고 왠지 비웃는 것처럼 들리기까지 했어요. 그는 상대방에게 나지막하게 속삭이더군요. "……여긴 우리 같은 사람들이 사는 동네잖아요. 일종의 특별감시구역인 셈이죠." 그제야 자세히 보니, 그전까진 어두워서 몰랐는데, 그 사람은 외국인 같은 얼굴을 하고 있었어요. 아니면 노숙자나 가난뱅이 같은 얼굴? 비록 얼굴의 절반이 마스크에 가려져 있긴 했지만 딱 보면 알 수 있는 어떤 특징 같은 게 있잖아요. 안 그런 가요? 그때 그 외국인 같은 사람, 아니 노숙자나 가난뱅이 같은 사람이 나를 물끄러미 쳐다보지 뭔가요. 나는 그가 묻지도 않았는데 먼저 외치고 말았지요. "혹시 방금 우리 같은 사람들이라고 했습니까? 실례지만 그게 무슨 뜻인지 모르겠군요. 나는 서울이 고향인 토종 한국인이거든요." 그러고 나서는 얼른 자리를 피했지요. 그들 무리에 계속 껴 있다가는 나까지 이상한 곳 출신으로 오해받을 테니까요.

집으로 들어와 생각하니 말할 수 없이 기분이 나빴습니다. 사실 내가 그 연립주택에 사는 건 돈이 없어서가 아니거든요. 예전에, 그러니까 2020년 코로나19 팬데믹 때 거기 혼자 살던 아버지가 죽었어요. 그 노인네가 어떻게 죽었는지는 묻지 말아요. 별로 떠올리고 싶지 않은 기억이니까. 하필 그즈음 아버지는 요양원에 들어갔는데, 들어간 지 얼마 되지도 않아 그 난리가 난 거죠. 지금도 나는 외국인이라면 치가 떨려요. 아버지가 있던 요양원에 병이 그렇게 퍼진 것도 다 외국에서 온 간병인들 때문이었으니까. 그 사람들 때문에 요양원에 바이러스가 퍼졌고, 확진자가 속출한 끝에 그곳은 봉쇄되고 말았다고요. 확실한 건 아니라고요? 누가 그래요? 그들이 그러지 않았다는 증거가 있냐, 이 말이에요. 하여간 중요한 건 아버지가 그 요양원에 갇힌 채로 죽었다는 거예요. 난 아버지의 얼굴도 못 봤죠. 더 웃긴 건 아버지가 짐짝처럼 취급됐다는 사실이에요. 아니, 짐짝만도 못한 취급을 받았죠. 적어도 짐짝엔 '취급주의'라는 스티커 정도는 붙일 테니까요. 아버지는 그냥 바이러스 덩어리, 썩은 고기, 치명적인 독버섯, 그런 걸로 취급됐어요. 그들은 죽은 아버지를 의료용 비닐백에 둘둘 감아 바로 태워버렸다고요! (갑자기 당황하는 신고자. 그는 주위를 두리번대다가 물컵을 발견하고는 벌컥벌컥 물을 마신다.) 아, 내가…… 너무 흥분했어요. 그러니까 내 말은, 아니 잠깐, 이 얘긴 기록에서 삭제해줘요. 아버지에 대해 말한 것들. 괜한 오해라도 생길까 하는 말이에요. 음, 왜냐하면…… 알잖아요, 소문이 어떤 식으로 증폭되는지. 난 방역과 위생이 얼마나 중요한지 이해하는 사람이에요. 아버지의 죽음이 슬프긴 하지만, 결국 그렇게 할 수밖에 없었다는 걸 잘 안다고요. 그런 대감염의 시대엔 개인보단 공공의 안전이 중요하지요, 안 그런가요? 여하튼 아버지가 죽은 뒤 나는 그 집을 물려받았어요. 별로 들어가 살고 싶진 않은 동네였지요. 주변엔 온통 악취를 풍기는 공단과 돼지 농장들뿐이었으니까요. 아버지는 그 한가운데 있는 연립주택에서 월세를 받으며 살고 있었어요. 하지만 공교롭게도 그즈음 난 운영하던 음식점이 망해서 실업자 신세가 됐고, 결국 어쩔 수 없이 아버지가 물려준 집으로 이사하게 된 겁니다.

하늘을 선회하는 열 감지 드론을 본 날 밤, 집에 들어와서도 한동안은 불도 켜지 않고 소파에 앉아 있었어요. 저녁으로 먹으려고 꺼내놨던 유기농 샐러드도 다 보기 싫어져서 씻지도 않고 침대에 누웠는데, 어디선가 경보음이 울리지 뭔가요. 삐- 삐-. 문자메시지가 온 건가 보니 그건 아니었어요. 그때 퍼뜩 떠오르는 게 있어서 침대에서 벌떡 일어섰지요. 알고 보니 그 소리는, 실시간으로 나를 모니터링하고 있던 체온 감지 시스템이 보내는 신호였던 거예요.

두려운 마음으로 확인해보니, 체온은 벌써 38도를 가리키고 있었어요. 갑자기 머릿속이 휑하니 어지러워지더군요. 결국 나마저도? 말로 표현하기 힘든 절망감이 밀려왔어요. 물론 알고는 있지요. 보통 그런 경우엔 죽을병에 걸렸다고 여기기보단 감기가 들었나, 정도로 생각하는 게 옳다는 것을. 그렇지만 언젠가부터 내 머릿속에선 정상적인 사고가 불가능해졌거든요. 생각이란 생각은 모두 다 같은 결론으로 치닫고 말지요. 감염됐다는 결론. 끝장이라는 두려움. 게다가 변종 니파바이러스라는 게, 박쥐, 돼지를 거쳐 사람에게 옮겨지는 거라면서요. 그럼 답은 하나뿐이지요, 안 그런가요? 그 동네는 사방에 돼지 축사가 있었으니까요. 그러자 공포가 밀려왔어요. 만에 하나 확진 판정이라도 받으면 분명 격리센터로 끌려갈 테고 마지막엔 아버지처럼 비닐백에 밀봉된 시체 신세로 그곳을 나오게 될 테니까요.

다행인지 불행인지 다음날 아침 회사에서 연락이 왔어요. 당분간 출근하지 않아도 된다는 반가운 소식이더군요. 멍청하게도 그땐 그게 무슨 뜻인지도 모르고 좋아했어요. 이제부턴 재택근무를 하게 되는 거라고만 여겼으니까요. 다른 동료와 연락한 뒤에야 출근하지 말라는 명령이 이 동네에 사는 나에게만 전달됐음을 알게 되었죠. 그러니까 쉽게 말해서 우린 감금된 거였어요. 울타리나 높은 담장, 두꺼운 벽 같은 건 없지만, 어쨌든 안쪽에 가둬진 거라고요. 그날 저녁 뉴스엔 이 동네 이름이 커다랗게 나왔어요. 바리케이드가 쳐진 도로 입구를 배경으로 리포터가 열심히 떠들고 있더군요. "……선제적 대응을 위해 돼지 농장과 가까웠던 지역 일대가 봉쇄됐습니다. 이는 구역 내 거주하는 시민들의 자발적 참여와 동의로 이뤄진 조치입니다."

그날 밤 난 악몽을 꿨어요. 숨이 막혀서 몸부림치다가 눈을 뜨니 내가 파란색 의료용 비닐백 안에 들어 있었지요. 살려줘요! 살려줘! 고함을 치다 정신을 차려보니 그건 꿈이었어요. 땀을 얼마나 많이 흘렸는지 시트가 축축하게 젖어 있었지요. 결국 난 일어나 앉았어요. 아버지처럼 죽고 싶진 않아. 정신을 차려보니 혼자서 이런 말을 중얼거리고 있더군요. 무슨 일이 있어도 봉쇄를 뚫고 탈출해야겠다고 결심한 것도 그때였지요. 생의 마지막 순간을 비닐봉지 안에서 맞고 싶진 않았으니까요. 방법이 없을까 밤새도록 생각하고 또 생각하는 와중에도 체온 감지 시스템은 계속해서 경보음을 울려댔어요. LCD 화면을 들여다보니 그새 열은 더 높아졌더군요. 서서히 오한이 밀려왔고 동시에 왼쪽 가슴이 조여오는 듯해서 숨을 쉬기가 힘들었어요. 정말로 감염된 건가? 그 여자가 잡혀갈 때 나가서 구경한 게 원인이었을까? 아니, 그럴 리가 없어. 난 멀찍이 서 있었고 마스크도 단단히 하고 있었다고. 그렇다면 대체 왜? 어디서? 무엇 때문에? 그런데 그때 섬광처럼 그놈이 떠오른 거예요! 그동안 까맣게 잊고 있던 인간. 계단에서 부딪쳤을 때 마스크도 쓰지 않고 있던 놈. 침으로 번들번들하던 입술. 거기서 뿜어져 나오던 침방울들. 맞아, 그놈이 틀림없어. 그놈한테서 바이러스가 옮겨 온 거야. 잠깐만, 그러고 보니 그날 놈이 이상한 알약을 가지고 있었잖아! 그걸 의사한테 갖고 갔더니 알아보겠다고만 한 뒤 아무 연락이 없었지. 이 모든 걸 떠올린 나는 의사에게 전화하지 않고는 견딜 수가 없었어요. 네, 그래서 결국 난……

〈녹취록-1〉

신고자: 밤늦게 죄송합니다. 급히 물어볼 게 있어서요.

의사: (졸음 섞인 목소리로) 휴, 좋습니다. 빨리 용건만 말씀해주겠어요? 혹시 응급상황이라도?

신고자: 아니, 아니요. 어디가 아파서 그런 건 아니에요. 열이 나거나 오한이 나서도 아니고요. 제가 전화한 건…….

의사: 잠깐만요. 환자분 이름이? 아, 그 동네에 거주하는군요. 그렇다면 병원으로 직접 오면 안 된다는 것쯤은 알고 있겠지요?

신고자: 알고 있습니다. 전 그저 확인하고 싶은 게 있어서.

의사: 뭔가요? 저번에 방문했을 때 건강검진 결과는 자세히 설명해준 걸로 기억하는데.

신고자: 그냥 단도직입적으로 물어볼게요. 그거, 그 알약.

의사: (잠시 침묵 후) 알약이라고 했어요?

신고자: 네, 그 하얀 알약. 아무 표식도 없는 사제 알약. 계단에서 부딪친 남자가 떨어뜨리고 간 걸 주워서 선생님께 드렸잖아요.

의사: (갑자기 너털웃음을 터뜨리며) 아, 기억났어요. 그런데 말입니다, 그게 알약이 아니더라고요. 성분 분석을 전문으로 하는 친구가 있는데, 가져갔더니 킬킬대고 웃지 뭡니까. 그건 약이 아니고 그냥 사탕이래요. 박하사탕. 누군가가 빨아먹다 뱉어서 그런 모양으로 녹은 것 같다며. 하여튼 그래서 나도 별것 아니란 판단에 따로 연락을 드리진 않았습니다. 그러니 안심하고 주무세요.

신고자: 아니, 좀 이상한데요? 그게 사탕이라고요? 이보세요, 의사 선생님, 내가 알약이랑 사탕도 구분 못 할 것 같아요?

의사: 이해합니다. 요즘처럼 민감한 시기엔 아무래도 별별 의심이 다 들게 마련일 테죠. 하지만 그건 진짜 박하사탕이었어요. 뭐, 원한다면 와서 가져가세요. 아마 어딘가에 뒤져보면 비닐에 밀봉해둔 채로 있을 테니까. 하여간 이제 의문이 풀렸죠? 그럼 이만 끊겠습니다. 나도 내일 출근하려면 얼른 자야 하니까요.

전화를 끊자마자 곧바로 방역 수칙 위반을 신고하는 직통 번호를 눌렀어요. 그땐 흥분해서 정말 제정신이 아니었던 거죠.

〈녹취록-2〉

―여보세요, 거기가…… 신고센터인가요?

―네, 말씀하세요.

─저기…… 제가 좀 이상한 걸 봐서요.

─잠시만요. 먼저 인적 사항을 말씀해주세요. 이름과 주소를 알려주면 됩니다.

─뭐라고요? 이름과 주소요?

─네, 말씀하세요.

─아, 아무래도 안 되겠군요.

─여보세요? 말씀하세요. 뭐가 안 되겠다는 거죠?

─진짜 아무것도 아니에요. 전화를 잘못 걸었단 뜻이죠. 이만 끊을게요.

─여보세요? 여보세요?

난 신고를 하지 않고 그냥 전화를 끊었어요. 왜냐하면 뭔가 일이 귀찮아질 것 같았으니까요. 하지만 그들은 나를 찾아왔어요. 마치 열 감지 드론이 그 여자를 찾아내듯이. 잘 들어요, 그래서 하는 말인데, 그들은 우리 전화를 엿듣고 모든 것을 감시해요. CIA나 NSA가 전 세계의 전화를 도청하며 폭탄, 폭파, 테러, 조끼, 돌진, 이런 단어들이 나오는 대화를 모두 수집하는 것처럼, 그자들은 열, 사제 알약, 불법, 오한, 위반 등등의 단어가 등장하는 대화는 다 모은다고요. 그러고는 전화를 역추적해서 찾아내는 거죠. 그들은 한밤중에 우리 집 벨을 마구 눌렀어요. 졸린 눈을 비비며 문을 열었더니, 다짜고짜 들어와서는 체온부터 재더군요. 그들은 내 귀에서 체온계를 내리더니 감정 없는 어조로 말했어요. "38.2도입니다. 준비하시죠." 방역복을 입은 사람들이 로봇 같은 목소리로 말할 때, 난 정신이 아득해졌어요. "어디로 가는 건가요?" "먼저 검사소로 갈 겁니다. 거기서 아무 이상이 없으면, 걱정하지 마세요, 그러면 바로 집으로 돌아올 수 있으니까요." "만약 이상이 있다면요? 그럼 날 어디로 데려가려는 거냐고요!" 그러자 그들이 기계적으로 대답하더군요. "아시잖습니까. 수용소에 격리된다는 것을." 순간, 다리에 힘이 풀리며 나는 바닥에 주저앉고 말았어요. 죽은 아버지를 둘둘 감고 있던 파란 비닐백. 그 창백한 얼굴이 떠오르는 순간 공황발작이 오고 말았으니까요!

22장. 언더월드

가로등까지 꺼져서 바로 앞도 보이지 않는 도로 한 구석에 승용차 한 대가 서 있다. 잠시 후 차 문이 열리더니 안에서 의사가 조용히 내린다. 그는 사방을 둘러보며 조심스럽게 걷는다. 얼마 뒤 멈추는 곳은 어느 빌라 앞. 벨을 누르지만 아무도 나오지 않자 그는 돌아선다. 그러다가 퍼뜩 걸음을 멈추고는 손으로 문을 스윽 밀어본다. 놀랍게도 약사의 집 현관문은 잠겨 있지 않다. 의사는 머뭇대다가 결심한 듯 안으로 들어간다.

그는 방금 이상한 전화를 받고 오는 길이다. 저녁에 거실 소파에 누워 쉬고 있는데 어떤 환자가 황급히 전화를 걸어왔다. 처음에는 받을까 말까 망설였다. 이 시간에 전화를 거는 환자는 둘 중 하나였기 때문이다. 정말로 위급한 상황을 다투는 응급 환자이거나 아니면 그저 아무것도 아닌 증세로—예를 들자면 "저녁에 먹은 파스타가 체한 것 같은데 어떻게 해야 하죠?"따위의 질문을 하는 부류들 말이다—자기 주치의를 귀찮게 구는 건강염려증 환자들. 다행히 망설이는 사이에 전화는 끊어졌고, 그는 안도하며 도로 소파에 길게 누웠다. 그리고 리모컨으로 채널을 돌리려는 순간 두 번째 전화가 걸려왔던 것이다. 그는 받지 않고 버텼지만, 스물아홉 번째 벨이 울렸을 때 결국 통화 버튼을 누르고 말았다.

의사는 신경질적으로 외쳤다. "여보세요"라고. 그러나 그 환자가 "그냥 단도직입적으로 물어볼게요. 그거, 그 알약"이라고 말하는 순간, 소파에서 벌떡 일어나 앉았다. 마치 다 잊어버린 것처럼 연기하면서도 그는 속으로 빠르게 계산하고 있었다. 무슨 일이지? 약사의 불법 행위를 눈감아준 게 문제가 됐나? 그는 대충 얼버무리며 전화를 끊었고 이제는 말짱해진 정신으로 거실을 왔다 갔다 했다. 이 깊은 밤중에 전화를 걸었다면, 분명 무슨 일이 생긴 게 확실하지 않은가.

퍼뜩 어떤 생각이 떠올라 의사는 겉옷을 걸쳤다. 지금 당장 약사의 집으로 가야 한다. 거기 가서 앞으로 어떻게 할지 대책을 의논해야지. 그리하여 의사는 이 어둡고 깊은 밤 홀로 약사의 집을 찾은 거다.

집은 비어 있다. 약사는 어디로 가버린 걸까? 전등을 켜고 싶지만 그건 너무 위험하다. 잠시 어둠에 눈이 익을 때까지 서 있다가 침실 쪽으로 간다. 역시 침실엔 아무도 없다. 전화를 걸어보니 가까운 발치에서 약사의 전화벨 소리가 울린다. 침대 밑에 휴대전화까지 버려두고 이 친구는 대체 어디로 간 것일까? 나중에 다시 와야겠다고 생각하며 문밖을 나서려는 순간, 협탁 위에 놓인 그것이 눈에 띈다. 의사는 천천히 그쪽으로 다가간다.

지금 의사는 기록자와 마주 앉아 있다. 아니, 정확히는 그의 홀로 그램을 마주하고 있다. 과거를 회상하는 의사의 눈빛이 아련하다.

　—돌아서서 나가려는데, 그게 보였던 겁니다. 아주 오래된 구형 PCS폰. 나는 뭔가에 홀린 듯 그 PCS폰을 집어 들었습니다. 그러고는 휴대폰 손전등을 비춰보며 여기저기 더듬어서 전원 버튼을 찾아냈어요. 당연히 충전도 안 되어 있을 줄 알았는데, 놀랍게도 전원이 들어오더군요. 조그맣고 낡은 LCD 화면엔 파일이 하나 떠 있었는데, 그걸 터치하자마자 약사의 얼굴이 나타나는 바람에, 난 깜짝 놀랐습니다. 도대체 그는 무슨 생각으로 그런 기묘한 물건을 남겨둔 걸까요? 어쨌든 침대에 걸터앉아 계속해서 화면을 봤습니다. 지금 와서 생각해보면 그때 그냥 나갔어야 하는 건데, 나가서 최대한 멀리 떠났어야 하는데, 도대체 왜 그러고 멍하니 앉아 있었는지 모르겠군요.

　"전에 얘기했지만, 내가 어릴 때 돼지를 키웠던 건 알지? 태어나자마자 엄마를 잃은 녀석이었는데, 그놈의 형제 열 마리는 비틀대다가 그냥 죽고 그 한 마리만 살아남은 거였어. 아버지는 나에게 그 새끼 돼지를 포기하라고 했어. 어차피 죽을 놈이라면서. 하긴 지금 와서 돌이켜보면 아버지의 권고는 오히려 합리적이었던 거지. 적어도 그는 위선적이진 않았으니까. 그는 그 돼지가 운 좋게 살아서 자라난다고 해도 결국엔 고깃덩어리가 되고 말 거라는 걸 잘 알고 있었어. 그러나 나도 고집이 만만치 않았거든. 나는 아버지 몰래 돼지를 방에 데려왔고, 우유를 먹였어. 처음에 돼지는 우유를 핥는 법도 몰랐지만, 나중엔 접시에 코를 박고 맛있게 먹어치웠지. 녀석은 무럭무럭 자랐고 난 그놈과 친구가 됐어. 우린 서로를 이해하고 공감했지. 하지만 그 행복은 그리 오래가지 않았어. 구제역이라는 기이한 질병이 퍼지기 시작했으니까. 그래도 우리 농장의 돼지들은 아무도, 단 한 마리도 그 괴상한 병에 걸리지 않았어. 농장이 있던 섬은 구제역의 청정지역이었으니까. 하지만 어느 날 방역팀이 섬으로 왔고, 그들은 모든 돼지를 죽여야 한다고 말했어. 선제적으로 대응해야 한다나. 섬의 돼지를 한 마리도 남김없이 죽인 뒤, 그 사람들이 내게 왔어. 그러고는 말하더군. 얘야, 네 돼지도 죽여야 한다. 왜냐하면 이건 선제적 예방조치니까. 난 외쳤지. 얘는 병에 걸리지 않았어요. 그러니 죽어야 할 이유가 없다고요. 그러자 방역복을 입은 사람 중 하나가 내게 종이 한 장을 펼쳐 보여줬어. 그 종이 맨 위엔 '행정명령'이라는 글자가 적혀 있었고. 그는 훨씬 근엄해진 목소리로 말했어. 이건 국가의 명령이야. 국민이라면 누구나 거기 따라야 한다는 걸 모르진 않겠지? 그리고 이건 모두를 위한 거라고. 너와 네 아버지, 다른 돼지들, 돼지고기를 먹을 수많은 시민들. 그들의 건강과 안전보다 너의 돼지 한 마리가 더 소중하다는 건 아니겠지? 난 그를 노려보며 말했어. 그럼 얘를 데리고 가서 검사를 받게 해줘요. 만약⋯⋯만약에 얘 몸에서 병균이 발견되면, 그러면 그땐 하자는 대로 할게요. 그렇지만 그들은 그것도 거부했어. 이 행정명령에 따르면, 이 섬의 모든 돼지를 죽이라고 되어 있어. 우린 공무원이고 명령에 따라야 할 의무가 있단다. 자, 어서 비키렴. 난 끝까지 물러서지 않았어.

나와 돼지의 사연이 신문에까지 나자 그 방역복을 입은 사람이 다시 오더니 위협적인 목소리로 말하더군. 이렇게까지 큰 문제로 만들 일이니? 댓글마다 난리가 났더구나. 다들 우릴 욕하고 너와 돼지를 옹호하는 얘기들뿐이었어. 그런데 말이야, 이거 한 가지는 꼭 말해주고 싶구나. 도대체 너는 어떤 기준으로 그 돼지를 보호하는 거지? 왜 걔만 살아남아야 하느냐 이거야. 인간에게 잘 보여서? 그렇지 않은 돼지는 농장 진흙 바닥에서 구르다 삼겹살이 되거나 질병 예방을 위해 죽고, 귀염둥이 아기 돼지는 네 품에서 편하게 주어진 생을 누린다, 이거잖아. 그럴 거면 아예 동물권 옹호 운동가라도 되는 게 어떨까? 당연히 채식주의자도 되어야겠지, 안 그래? 하여튼 두 번째 행정명령이 나왔다는 것만 알려주마. 내일 낮 12시에 저 돼지를 강제로 데리고 갈 거야. 어쩔 수 없지. 나도 이러고 싶어서 이러는 게 아니란 것만 알아다오.

그런데 이상한 일이 일어났어. 그의 말을 듣는 순간, 그때까지 내 안에 있던 어떤 힘이 단번에 사라지고 만 거야. 나는 돼지를 내려놓았어. 동시에 이 돼지의 운명이, 그리고 저 안에, 농장 안에 있다가 죽고 만 모든 돼지들의 운명이 곧 우리의 운명이라는 생각이 머리를 스치더군. 겉으로 보기엔 완전히 다르지만, 알고 보면 같다는 생각.

잠깐만. 이게 내가 해열제를 몰래 만들어서 나눠준 이유를 설명하는 건 아니야. 그런 행위에 이유라는 게 있을 순 없으니까. 그럼 돼지 얘긴 왜 한 거냐고? 글쎄, 일종의 작별 인사로 받아들이면 좋겠군. 한참 전부터 말하려고 했는데, 난 이제 이곳을 떠날 생각이야. 그리고 누가 뭐라 하든 그동안 해온 일을 계속할 거고. 다만 지금까진 지상에서 그 일을 해왔다면 앞으로는 땅속으로 숨어들어 할 거라는 게 차이라면 차이랄까. 너는 모르겠지만, 지하엔 나와 비슷한 이들이 아주 많아. 그들은 모두 몰래 해열제를 만들고, 이곳이 완전히 다른 세상이 되기를 꿈꾸고 있지. 만약 너도 원한다면…….”

그런데 배터리가 다했는지 동영상이 갑자기 꺼지고 말았습니다. 동시에 그 낡은 PCS폰 내부에서 푸슉, 하는 소리가 들리더니 불꽃이 튀어 올랐지요. 난 화들짝 놀라 PCS폰을 떨어뜨렸고, 침대로 떨어진 불꽃은 이리저리 옮겨 붙으며 타오르기 시작했어요. 문득 마지막으로 만났을 때 약사의 얼굴이 이상하리만치 슬퍼 보였던 게 떠오르더군요. 그러니까 그때부터 그는 어디론가 사라질 궁리를 하고 있던 겁니다. 나도 잘 모르겠어요. 그가 일부러 247에게 해열제를 넘겨준 건지, 그럼으로써 어릴 때 죽은 돼지를 위해 뭔가를 하려고 했던 건지, 하나도 모르겠다 이 말입니다. 하지만 이거 하나는 확실해요. 그런 이들, 해열제를 몰래 만들어 나눠주는 그런 류의 사람들 때문에 우리 발밑이 언제나 간질간질하다는 거. 땅 아래서 누군가가 뭔가를 꾸미고 있는데 도대체 어떻게 아무 느낌이 없겠냐고요. 안 그래요?

잠깐 말을 멈추고 자신을 쳐다보는 의사에게 기록자는 아무 말도 하지 않는다.

그의 침묵은 오래도록 계속되고, 마침내 의사가 다시 입을 연다.

—타오르는 불길을 피해 약사의 집을 빠져나온 나는 차를 세워 둔 곳으로 달려갔어요. 나 또한 어딘가로 도망쳐야 한다는 걸 알았으니까요. 시동을 걸려고 하는데, 갑자기 눈앞이 환하게 밝아졌습니다. 처음엔 무슨 일이라도 난 줄 알았지요. 하지만 곧 나는 깨달았습니다. 그게 질병통제센터 요원들이 타고 온 차의 전조등 불빛이라는 것을요. 그들은 차에서 뛰어나와 내 주위를 빙 둘러쌌습니다. "우리와 함께 가주셔야겠습니다. 당신 환자 중 한 사람이 다 실토했으니까요." 물론 나는 끝까지 항변했어요. 아니라고, 나는 그저 그 알약을 본 잘못밖에 없다고. 하지만 그들은 들은 척도 하지 않았고 나를 수용소에 데려가 격리시켰던 겁니다.

그곳에서 보낸 시간은, 솔직히 떠올리고 싶지도 않습니다. 며칠을 거기서 지냈는지도 정확히 기억나지 않고요. 낮이 밤 같고 밤이 낮 같은 날들이 계속됐어요. 그러는 사이에도 변종 니파바이러스는 미친 듯이 퍼졌고 사람들은 감염되어 죽거나 격리를 견디지 못해 스스로 생을 마감했지요. 아, 그러고 보니 언젠가 TV를 본 게 떠오르는군요. 격리실 침대에 멍하니 누워 있는데, 누군가 와서 리모컨을 눌러줬습니다. 마침 뉴스가 나오고 있었는데…… 거기선 바로 그 사람, 247번 확진자에 대한 얘기가 한창이었어요. 브리핑을 하는 사람은 WCDC의 병리학자였고요. 그는 자신이 247번의 혈청을 직접 검사했다고 말했습니다. 그러자 기자 한 사람이 일어서서 질문을 했어요. "247번 확진자에게서 발견된 게 뭔가요? 듣기로는 지금까지의 확진자에게서 보이던 것과는 사뭇 다른 바이러스가 나왔다던데요."

그런데 기자가 질문하던 바로 그때, 병리학자의 얼굴이 미묘하게 움찔거렸습니다. 찡그린 것 같기도 하고 아닌 것 같기도 한 기묘한 표정. 그렇게 한동안 가만히 있던 병리학자가 드디어 입을 열었지요. "247번 확진자는 지금껏 본 적 없는 초강력 변이 바이러스에 감염되어 있었습니다. 그 변이 형태로 보건대, 어쩌면 247번 확진자야말로 우리가 그렇게도 찾아 헤매던 페이션트 제로, 즉 최초 감염자이자 슈퍼전파자, 변종 바이러스의 자연 숙주일지도 모릅니다. 그는 축산공무원으로 농장을 돌아다니며 돼지들과 함께 바이러스를 주고받았습니다. 그런 과정에서 변이가 일어난 게 확실해 보이고요." 그 뒤로도 몇 개의 질문과 답변이 더 오갔고, 브리핑이 끝나자 병리학자는 어디론가 가버렸습니다. 뉴스 보는 것도 시들해져서 TV를 끄고, 난 침대에 다시 누웠지요.

얼마나 시간이 흘렀을까. 마침내 나는 퇴소 허가를 받았습니다. 옷을 다 갈아입고 나오는데 그들이 종이 한 장을 건네주더군요. 그걸 보는 순간, 난 기가 막혀서 혼자 마구 웃었어요. 왜냐하면 그 종이엔 '완치'라고 적혀 있었으니까요. 완치라니. 무엇에서 완치됐다는 거지? 그러나 그들에게 그런 것까지 따져 묻고 싶진 않았어요. 이미 몸도 마음도 지칠 대로 지쳐 있었으니까요. 어쨌든 더는 그 거리에서 병원을 운영하고 싶지 않았습니다. 네, 그래서죠. 이 시골 보건소에서 일하게 된 연유 말입니다.

이야기를 마친 의사가 멍하니 허공을 응시한다. 그러다가 기록자에게 묻는다.

　―그런데 혹시 우리 어디서 본 적 있습니까?

　기록자는 피로한 눈길로 그를 응시한다. 그러고는 천천히 고개를
젓는다.

　―아니, 처음 보는데…… 왜요?

　의사는 고개를 갸우뚱하며 일루젼을 끈다.

23장. 누구나 구원자를 원한다

—이제 정신이 드나?

콧속을 찌르는 통증에 병리학자는 눈을 번쩍 떴다. 여기가 어디지? 그는 잠시 생각했다. 그래, 맞아. B교수 집 앞에서. 병리학자는 속으로 중얼거렸다. 동시에 뿌옇기만 하던 눈앞이 밝아오며 대충 사방을 둘러볼 수 있었다. 그는 자신이 병실 비슷한 곳에 비스듬히 누워 있음을 알았다. 앞에 서 있는 이들은 모두 방역복을 입고 있는데, 그들 중 하나가 그에게 다시 말을 걸었다.

—여기가 어딘지 알겠나?

목소리가 이상하게 낯익어, 병리학자는 고개를 갸우뚱했다.

—혹시, B교수님?

그러면서 그는 방독면으로 가려진 얼굴을 들여다보려 애썼다. 상대방은 당황하며 고개를 돌렸지만, 자신이 B교수가 아니라고 부인하지도 않았다.

—맞군요, 교수님이 맞아요! 그런데 교수님이 왜 여기서?

주변 환경과 사람들의 차림으로 보건대, 그곳은 생물안전도 레벨4에 해당하는 장소임이 틀림없었다. 바로 얼마 전까지만 해도 그 또한 이런 장소를 수시로 드나들지 않았던가. 그때 B교수가 빙 둘러 있던 사람들에게 나가달라는 손짓을 했다. 교수가 손을 내리기 무섭게 방역복을 입은 이들은 빠르게 방을 빠져나갔고, 곧 방 안에는 그와 B교수 단 둘만 남게 되었다.

—알다시피 자네는 멍청한 짓을 저질렀네. 치명적인 바이러스에 감염된 시위대 리더의 조직 검체를 아무렇게나 취급했지. 대체 무슨 생각이었나?

—교수님, 지금 그런 걸 물어볼 때가 아니잖아요. 도대체 여기서 뭘 하고 계신 겁니까? 아니, 그보다도 이곳은 어디죠?

그러나 B교수는 질문엔 대답하지 않고, 목소리를 낮추며 그를 다그쳤다.

—자네가 그런 어리석은 짓을 저지른 대가가 얼마나 큰지 아나? 벌써 여기엔 모두가 끌려와 격리돼 있어. 자네와 터미널에서 만난 사람들, 버스에 같이 탔던 승객들, 택시기사, 이 모든 이들이 단지 자네와 밀접 접촉했다는 이유만으로 강제로 격리됐다, 이 말이야.

—그 사람들에겐 정말 미안하게 됐군요. 하지만 교수님, 지금 중요한 건 그게 아니에요. 그 죽은 시위대의 리더 말입니다, 그는 바이러스에 감염된 게 아니라니까요. 제가 확실히 봤어요. 그들은 모두 어떤 독성물질에 노출된 게 분명해요. WCDC는 뭔가를 숨기고 있고…… 저는 교수님께 검체를 한 번 더 봐달라고 할 생각이었습니다. 그래서 그만…….

그러나 교수는 아무 말도 하지 않고 방독면 안쪽에서 그를 물끄러미 바라봤다.

—WCDC는 어떤 음모를 꾸미고 있어요. 아시잖아요. 백신, 제약회사, 실리콘밸리의 부자들, 세계정부! 그들은 이 기회를 절대 놓치려 하지 않아요. 2020년 이후 얻게 된 어마어마한 힘을 결코 내놓지 않으려 한다고요.

병리학자가 뭐라고 더 지껄이려는 순간, B교수가 갑자기 그의 입을 막았다. 그러고는 뒤를 돌아보더니 작게 속삭였다.

—아무 말 말게. 나도 알아, 자네가 왜 그런 행동을 했는지. 다만 지금 자네에겐 선택의 여지가 없어. 무슨 뜻인지 알겠나?

그 순간 문이 열리더니, 좀 전에 나갔던 사람들이 다시 들어왔다. 교수는 뒤를 돌아보며 짜증 섞인 어조로 외쳤다.

—아직 얘기가 끝나지 않았소. 나가서 기다리라니까.

그렇지만 그들은 교수의 말을 따르는 대신 양옆에서 그의 팔을 잡았다. 그러고는 그를 억지로 끌고 열린 문 쪽으로 다가가는 것이었다. "교수님!" 병리학자는 침대에서 내려서며 외쳤지만, 곧 다시 주저앉았다. 엄청난 현기증으로 병실 전체가 빙글빙글 회전하는 것 같았기 때문이다.

교수는 밖으로 끌려가며 계속해서 발버둥을 쳤다.

—이거 왜 이래? 지금 뭣들 하는 거야? 내가 누군지 몰라? 이 연구소의 책임자라고!

그때였다. 몸부림을 치며 반항하는 교수 뒤로 누군가가 성큼 들어섰다. 그는 방역복 차림이 아니었고 심지어 마스크도 쓰지 않고 있었다. 말끔한 정장 차림에 잘 빗어 넘긴 머리는 한 올 흐트러짐도 없었다. 침대에 도로 누우려다 말고 병리학자는 다시 몸을 일으켰다. 들어온 이는 세상 모두가 아는 바로 그 사람이었다.

— 당신이 이곳에 왜?

그는 WCDC의 수장이었다. 세계 각지의 도시 중심부 전광판에 온종일 떠 있는 그 거대한 얼굴. 알고 싶지 않아도 알 수밖에 없는 사람. 그러나 수장은 대답 대신 교수 쪽을 보며 차갑게 말했다.

— 뭐, 잘 알겠지만 당신도 이제 격리 대상이오. 이유는 잘 알 테니 더 말하지 않겠소.

그가 교수의 팔을 잡고 있던 이들에게 눈짓을 하자, 그들은 곧 교수를 데리고 복도 밖으로 사라져버렸다.

병리학자는 자기 앞에 서 있는 수장의 이름을 기억해내려 애썼다. 하지만 아무리 해도 떠오르지 않았다. 과연 그에게 이름이 있기는 한 걸까? 신의 진짜 이름이 인간에게 비밀인 것처럼 수장의 이름 역시 우리에게 비밀인 걸까? 침대 옆에 서서 자기를 내려다보는 수장은 실재하는 인간이 아니라 그저 세상을 통제하고 모든 인류를 서로 1미터씩 떨어져 지내게 하는 보이지 않는 힘으로써만 존재하는 것 같았다.

— ……어떻소?

그런 생각에 빠져 있느라 그는 수장이 뭐라고 얘기하는지를 듣지 못했다. 어리둥절한 눈으로 올려다보니, 수장이 빙긋 웃었다.

—다시 한번 말하리다. 우리에게 협력하는 게 어떻겠소?

그제야 정신을 차린 병리학자는 수장을 찬찬히 올려다봤다.

—당신은 마스크도 하지 않고 방역복도 입지 않았군요. 무슨 의미인지 알겠습니다. 그래요, 모든 게 다 거짓이고 허구였다 이거죠. 리더의 조직 검체는 전혀 위험한 것이 아니었어요. 아, 물론 놀랍진 않아요. 짐작은 하고 있었으니까요. 다만 궁금한 건 이겁니다. 이런 말도 안 되는 쇼에 무슨 의미가 있는지. 그것만 알려준다면…… 나도 좀 더 쉽게 결정을 내릴 수 있겠지요.

그의 말을 들은 수장이 한숨을 쉬더니 곁에 놓인 의자를 끌어다 앉았다. 가까이서 보니 수장의 눈은 충혈되어 있고 얼굴은 푸석푸석했다. 얼핏 봐서는 깔끔해 보이던 겉모습과 달리 그는 피로에 찌들어 있는 듯했다.

—우리에게 협조해달라는 것은 사실 부탁도 아니고 명령도 아니오. 그래, 일종의 당위라고 하면 어울리겠군.

—당위?

—그렇소, 당위. 자신이 인류의 일원이라면 반드시 수행해야 할 도덕률 같은 것?

—무슨 말도 안 되는 궤변입니까? 아무 죄도 없는 시위대의 리더를 그런 식으로 몰아가는 게 당위? 도덕률?

순간 수장의 피로에 찌든 눈에 결연한 빛이 스쳤다.

—아마 언젠가는 당신도 알게 될 거라 믿소. 이런 자리에 있다는 건…… 생각보다 훨씬 힘든 일이지. 아무것도 모르는 이들은 내가

엄청난 파워를 갖고 그걸 즐긴다고 믿을 거요. 하지만 솔직히 말해서 난 지금이라도 당장 이 모든 걸 그만두고 싶거든. 그저 예전 젊을 때처럼 동네 병원에서 환자들이나 보며 조용히 지내고 싶을 따름이라오.

　—그럼 그렇게 하면 되는 거 아닙니까? 그 누구도 당신이 WCDC의 수장 자리를 내려놓고 시골 마을 의사로 돌아가는 걸 말리지 않을 텐데요.

　—그게 바로 당신 같은 평범한 사람과 나의 차이겠지. 폭풍우에 맞서 세계라는 배를 이끌고 가는 선장과 아늑한 객실에 처박혀 잠이나 자는 승객의 차이라고 할까. 좋소, 놀라지 말고 들으시오. 우리는, 그러니까 당신과 나를 포함한 인간 전체 말이오, 지금껏 상상도 못 했던 무시무시한 위기에 봉착했거든. 2020년의 비극 따위와는 비교도 되지 않을 그런 끔찍한 위기. 물론 그 위기는 아직 오지 않았어. 하지만 오지 않았다고 위기가 아닌 건 아니니까. 안 그렇소? 보이지 않는 위기, 위기인 줄도 모르는 위기, 그런 위기가 있을 거라고 꿈조차 꿔보지 못한 위기, 위기의 종류는 너무나 많고 그것들은 밤낮으로 시도 때도 없이 인류를 위협하지. 그리고…… 당신 같은 불평꾼들은 믿지 않겠지만, 우리에겐 인류를 죽음에서 구해야 할 책임이 있다고. 소수를 희생해서 대다수를 구하는, 그런 방법을 써서라도 말이야. 물론 리더는 불쌍하지. 불쌍하긴 해. 정말이야. 오죽하면 속으로 그의 시체를 보며 명복을 빌어주기까지 했으니까. 하지만 리더 같은 놈들이 가장 문제거든. 그놈들은 항상 자유가 중요하다고 외치

잖아. 자기가 누리는 그 알량한 자유 때문에 어떤 일이 생기는지는 알지도 못하고 말이야. 솔직히 놈들이 원하는 자유, 그게 뭔데? 겨우 여기저기 돌아다닐 자유, 식당 두어 군데 더 들어갈 자유, 뭐 그런 거 아니야? 하지만 미증유의 바이러스에 감염됐으면서도 열이 나는 걸 숨기려고 해열제를 먹은 인간들이 멋대로 돌아다니게 된다면? 그러면 진짜로 사람이 죽는다고! 면역력이 약한 노인들, 애들, 기저질환자들, 이런 사람들은 별것 아닌 감염에도 속수무책이니까. 자, 당신도 명색이 의학자니 한번 묻겠소. 그깟 별것도 아닌 자유 나부랭이 때문에 아무 죄 없는 사람들이 죽어도 된다는 건가? 대체 뭐가 더 중요하지? 자유, 아니면 생명?

수장은 얼굴을 더 바짝 들이밀었다.

―이번에야말로 우린 선제적으로 대응하기로 했던 거요. 오래전 코로나19 바이러스가 돌았을 땐 초기에 속수무책으로 당했고, 죄 없는 사람들이 마구 죽어나갔거든. 그건 막아야지, 안 그런가? 그래서 결정한 거야. 변종 니파바이러스라는 아주 작은 질병의 싹을 재빨리 자르고 뿌리까지 뽑아버리기로. 리더는, 그리고 그와 함께 시위 현장에서 피를 토하며 쓰러진 이들은, 안됐지만 어쩔 수 없는 희생양이었소. 우리의 원대한 목표를 이루기 위해선 모두가 지켜보는 앞에서 가장 고통스럽게 끔찍한 모습으로 죽어갈 존재가 필요했으니 말이오. 전 세계 수십억의 사람들이 그 광경을 지켜보며 무슨 생각을 했겠소? 그래, 해열제를 아무나 사 먹게 놔두면 안 되겠구나, 그런 걸 깨닫지 않았을까? 그러고 보면 시위대와 리더는 죗값을 치

렸다고 봐도 될 것 같군. 쓸데없는 자유 따위를 외치면서 인류의 생명을 위협하려던 죄. 하여간, 효과는 확실히 있었소. 알다시피 모두가 해열제에 대한 긴급조치에 동의했으니까. 그런데 그걸 아시오? 스마트폰 화면만 켜면 볼 수 있는 그런 장면들, 누군가가 무시무시한 질병에 시달리다 죽어가는 모습들, 그게 살아남은 다른 이들에겐 얼마나 큰 안도감을 선사하는지? 인간은 그런 광경을 통해 비로소 자신이 세상의 안전한 쪽에 속해 있음을 느끼게 되거든. 그리고 그 '안전한 쪽'을 떠나기 싫어서라도 더더욱 시스템에 협조하게 되는 거야. 당신도 봤겠지만 만약 안전과 생명보다 그깟 자유가 훨씬 더 중요했다면, 대체 왜 시위에 참여한 인원이 그 정도밖에 안 됐을까? 수십억 인류가 거리로 죄다 뛰쳐나와 자유를 달라고 외치는 대신 고작 수천 명의 정신 나간 사람들이 광장을 뒤덮었을 뿐이잖아.

—좋습니다. 당신 의견이 다 옳다고 쳐요. 그래도 그래선 안 되는 거였어요. 그들이 비록 당신 표현에 의하면 별것 아닌 자유를 위해 그 난리를 쳤다 해도, 그런 식으로 죽어도 될 존재는 아니었단 겁니다.

수장이 가면 같은 얼굴에 또 한 번 미소를 지었다.

—그 해묵은 논쟁을 또 꺼내야겠군. 아마 당신도 잘 알 거요. 수천 명이 상주하는 빌딩에 어떤 테러리스트가 폭탄을 설치했는데, 그 정보를 아는 테러 집단의 또 다른 요원 하나가 잡혀왔다는 이야기. 자, 폭탄이 터지려면 이제 겨우 10분밖에 남지 않았는데 그 미친 광신도 놈은 끝까지 입을 다물고 있어. 그러면 어떻게 해야 하지? 그래도 그놈의 인권이 중요하니까 그저 스스로 발설할 때까지 기다려

야 하나? 아니면 가혹하게 고문을 해서라도 놈의 입을 열게 해야 하나? 난 당연히 후자를 선택할 거요. 뭐 당신 같은 이들이야 전자를 선택하고 결국 수천 명의 목숨을 날려버리겠지만. 하여튼, 이렇게까지 얘기했는데도 못 알아듣고 어리석은 짓을 하겠다면 나로서도 어쩔 수 없소. 폭탄을 터뜨리지 못하도록 조치하는 수밖에. 예를 들자면 당신을 최악의 슈퍼전파자로 만들어서 영원히 격리한다든가. 그런데 나는 정말로 그러고 싶지 않거든. 댁은 명망 있는 병리학자고 요즘 같은 시대에 꼭 필요한 전문가잖소. 그러니 부탁하건대 내 손에 피를 묻히지 않게 해주면 좋겠소. 결국엔 나 같은 악역이 필요하다는 걸 언젠가는 깨우치게 될 테니까. 자, 어떻소? 이 서류에, 이건 비밀 유지 서약 같은 건데, 서명하고 일터로 돌아가겠소, 아니면 끝까지 고집을 피우다가 변종 니파바이러스 확진자가 되어 좁아터진 격리실에서 생을 마치겠소? 어디 보자, 앞으로 한 시간을 주겠소. 그 안에 마음이 결정되면 침대 옆에 달린 벨을 누르시오. 그럼 누군가가 펜을 가지고 올 테니까.

돌아서서 나가려던 수장이 발걸음을 멈췄다.

—나가기 전에 한마디만 더 하지. 이게 마지막은 아니라는 거요. 리더가 마지막 희생자가 아니다, 이 뜻이지.

—그 말은?

—어쩔 수 없이 또 다른 희생양이 나타날 거요. 이번 팬데믹의 최후를 장식하고 인류를 한마음으로 단합시켜줄 유일한 구원자. 사실 이렇게 말하는 나도 궁금하오. 과연 그는 누구일지, 지금 어디서 무

엇을 하고 있을지.

그러더니 수장은 이번에야말로 문을 열고 밖으로 나갔다. 그 뒷모습을, 병리학자는 오래도록 바라보았다. 그는 자신이 어떤 결정을 내리게 될지 이미 알고 있었다. 다만 그것을 받아들이고 싶지 않을 뿐이었다.

24장. 미안하다고 말해줘

247이 아직 살아 있을 때, 그러니까 홀로 우주에 격리된 채 지구 바깥을 선회할 때, 그는 라이브 방송을 두어 번 했다. WCDC는 최후의 확진자가 인간적인 대우를 받으며 잘 지내고 있음을 알리기 위해 방송을 기획했고, 지구에선 많은 사람들이 접속해서 그가 중얼중얼 떠들며 이런저런 일상을 보여주는 모습을 지켜봤다. 약속한 시간이 되자 약간의 노이즈가 화면을 가로지르는 가운데 247의 얼굴이 나타났다. 아니, 247번이라고 알려진 어떤 사람의 얼굴이라고 해야 할까. 그는 마스크를 하고 있었고, 머리는 자르지 못해 지저분했다.

─안녕하십니까, 지구에 계신 여러분.

(꾸벅 인사하는 247.)

─지금 거긴 몇 시인가요? 밤인가요, 아니면 낮인가요?

(손을 흔들다 말고 우주선에 난 작은 창으로 밖을 내다보는 247.)

─사실 이렇게 내다보는 건 의미가 없습니다. 저건 모양만 창문일 뿐, 실제론 아무것도 보이지 않거든요. 태양에서 오는 무슨 방사선 입자를 막기 위해 창 전체가 차단되어 있다고 들었어요.

—여기선 하루하루가 평온하고 지루해요. 솔직히 말해서 어떻게 지나가는지도 잘 모릅니다. 왜냐하면 이 인공위성은 90분마다 지구를 한 바퀴씩 도니까요. 생각해보세요. 하룻밤 새에 태양이 뜨는 걸 여섯 번이나 보는 게 어떤 느낌일지.

　　—수염은 깎지 않습니다. 당연히 머리도 그대로지요. 이곳에서 나는 철저히 혼자예요. 중간에 보급선이 오지만, 알다시피 그걸 몰고 온 우주비행사를 만날 수는 없지요.

　　—처음 여기 왔을 때 어땠냐고요? 휴, 그때를 다시 생각하는 건 정말 고역이에요. 차라리 죽고 싶었으니까요. 속은 울렁거렸고 몸엔 힘이 하나도 없었어요. 발사되기 전 짧은 교육을 받았기 때문에 그런 현상이 왜 일어나는지는 알고 있었습니다. 우주의 무중력 때문에 여러 가지 신체 반응이 일어나는 거라더군요. 며칠만 참고 견디면 어느 정도 적응이 된다는 것도 들었어요. 하지만 그래도 힘들었습니다. 그냥 콱, 죽고 싶었죠. 아니, 죽을 것만 같았어요. 때론 이런 생각을 할 정도로요. 사실 나는 이미 죽어 있고 이 모든 건 꿈이다, 하는 생각. 하긴, 지금 나는 임사체험 중인지도 모르죠. 전에 지구에 있을 때 죽었다 깨어난 사람들의 수기를 여러 편 읽었거든요. 그들은 모두 똑같은 말을 하더군요. 죽었을 때 가장 먼저 만나는 건 빛으로 가득한 터널이라고. 그런데 여기 온 첫날, 바로 그런 체험을 내가 했거든요. 갑자기 눈앞이 새하얀 빛으로 가득 차더니 어질어질해지면서 정신을 잃은 거죠. 겨우 깨어난 다음 지구에 있는 의사에게 그 기묘한 현상을 말했더니, 그가 설명해줬습니다. 그건 우주정거장에 머무

는 이들이 흔히 겪는 증상이라고. 태양에서 온 광입자가 직접 눈에 들어오면 생기는 거라는데, 그 후로도 왠지 의사의 말이 믿어지지는 않았어요. 그냥 내가 죽은 거고, 여긴 사후세계라고 믿는 편이 훨씬 나았죠. 뭐, 솔직히 사후세계와 다를 것도 없고요, 안 그래요?

─먹을 건 충분해요. 처음 이곳으로 발사될 때 WCDC가 엄청나게 많은 건조 식량을 같이 보내줬어요. 배가 고프면 거기에 뜨거운 물을 조금 부어서 후루룩 마셔버리지요. 그리고 여기선 신선한 채소도 재배해 먹을 수 있습니다. 이곳은 완전 자급자족 시스템이니까요. 물론 난 얘네들을 (그러면서 247은 뒤편으로 보이는 식물재배시설을 보여준다) 먹는 용도로 키우진 않아요. 일종의 친구랄까. 상추와 대화를 하며 하루를 보내는 거죠.

─지구에 있는 사람들에게 하고 싶은 말이 있냐고요? 없습니다. 네, 전혀.

─잠깐만. 미안하다고 말해야 하는 거 아니냐고요? (한숨) 지금 그거 나한테 하는 말 맞아? 제길, 내가 왜 미안해해야 하는데? 대체 왜? 날 여기로 보낸 건 (소음) 아무도 (소음) 죽어 (소음)

247이 마스크를 벗어 던지더니 텁수룩하게 자란 수염과 머리를 쥐어뜯으며 발광하는 광경이 온 세상에 전송됐다. 동시에 지직대는 소음이 나더니 화면은 곧 꺼지고 말았다. 나중에 그 영상 아래엔 수많은 댓글이 달렸다. 대부분은 247을 비난하는 내용이었다. 주로 이런 것들.

─대체 247에게 왜 저렇게 좋은 대우를 해주는 건지 이해가 안 가.

─저놈이 우주정거장에서 잘 먹고 잘 지내는 데 들어가는 돈은, 사실 다 우리가 대주는 거 아닌가?

─마지막 장면 봤어? 미친놈처럼 날뛰는 거. 마치 자긴 아무 잘못도 없다는 듯 굴더군.

─맞아, 저 때문에 죽은 사람이 얼마나 많은데. 역시 호의가 계속되면 권리인 줄 안다니까.

─저런 놈은 우주로 보내는 게 아니었어. 차라리 남극 한복판에 혼자 떨어뜨려 얼어 죽게 만드는 게 더 낫지 않았을까?

─그거 알아? 우주정거장 하나 유지하는 데 1조가 넘는 돈이 든대. 대체 WCDC는 무슨 생각으로 저런 세균덩어리를 살려둔 거지?

─이런 소문이 돌고 있어. 무슨 유명한 제약그룹이 저놈을 이용해서 생물학무기를 만들고 있다는 거지. 우주정거장을 운영하는 데 드는 비용도 그 회사가 댄다지, 아마?

─아니, 그건 너희가 잘못 아는 거야. 그 돈을 대는 건 빌 게이츠라니까. 그가 백신으로 무슨 짓을 하려는지 우린 다 알고 있잖아.

─무슨 소리야? 그런 음모론을 믿는 건 멍청한 짓이야. 다만 한 가지 확실한 건, 247을 우주로 보낸 게 최선이었다는 거지. 생각해봐, 정말로 WCDC가 저기로 보급선을 또 보낼 것 같아? 만약 더 이상의 물을 보내지 않는다면, 247은 저 안에서 혼자 죽어갈 거야. 그런 다음엔 그놈을 우주에서 깨끗이 태워버리고 저 낡아빠진 우주정거장은 폭파해버리는 거지. 그러면 모든 문제가 단번에 해결되는 거잖아.

25장. You Don't Know Me

환경미화원의 말:

사실 요즘은 아무도 그쪽으로 가질 않아요. 위험한 구역이니까요. 거기 가봤어요? 가보면 알겠지만 일단 주변 풍경부터가 아주 음산하거든요. 사방엔 잡초가 우거지고 어디선가 정체를 알 수 없는 윙, 하는 소리가 끊임없이 들려오죠. 그리로 들어가는 길은 편도 1차선 도로 하나뿐인데, 그마저도 중간에 철조망으로 막혀 있고 노란색 바탕에 검은색 글씨로 '위험, 관계자 외 출입 절대 금지'라고 적힌 표지판이 붙어 있어요. 하긴, 그 표지판마저 너무 오래돼서 부스러져가지만요. 생각해보니, 예전에 본 어떤 다큐멘터리에서 그와 똑같은 풍경을 본 적이 있어요. '체르노빌'이라는 제목이었는데, 오래전 어디선가 핵발전소가 터져서 사람이 엄청나게 많이 죽었다면서요? 거기서 본 폐허가 된 도시의 모습이 바로 그곳 같았다는 거예요. 그곳이 어딘지 이제는 알겠죠? 네, 맞아요. 거긴 전에 격리센터가 있던 자리예요. 그때는 다들 수용소라고 불렀지만 말이에요. 변종 니파바이러스라는 게 한창 돌 때 위험한 중증 환자들, 아무리 약을 써도 낫지 않는 사람들이 그곳에 수용되어 있었다는 소문을 들었어요. 사실 난이 도시의 토박이거든요. 그래서 격리수용소 자리에 원래 뭐가 있었는지도 다 알고 있지요. 그곳엔 원래 육가공 공장이 있었어요. 내가 어릴 때만 해도 백 명도 넘는 직원들이 아침마다 출근을 해서 아주 북적댔다고요. 하지만 인공배양육이 활성화되면서 공장은 쇠락했고, 마침내는 완전히 망해버리고 말았어요. 하긴, 뭐, 인공배양육이 아니어도 어차피 망하긴 했을 거예요. 변종 니파바이러스 때문에 식용 돼지 자체가 없어졌잖아요. 돼지고기가 없는데 육가공 공장이 돌아갈 리가 없죠, 안 그래요? 그러고 보면 채식주의자들 뜻대로 된 것 같기도 하고…… 아, 이건 기록에서 빼주세요. 또 무슨 말을 듣게 될지 모르니까. 어릴 때 공장 앞에서 시위를 하는 사람들을 자주 봤기에 하는 얘기예요. 그들은 매일 공장 앞에서 피켓을 들고 구호를 외쳤어요. 피 묻은 돼지로 분장한 사람들도 있었는데, 그걸 구경하는 게 꽤 재미있었거든요. 그 사람들, 이젠 그런 시위 하고 싶어도 못 하겠네요. 안 그래요? 아, 이런, 미안합니다. 나도 모르게 어릴 적 기억이 떠올라서…… 어쨌든 공장은 폐쇄되고 그 뒤론 몰래 담배를 피우러 가는 애들이나 드나들까, 아무도 찾지 않는 곳이 되었어요. 거기에 철조망이 쳐지고 방역복을 입은 사람들이 왔다 갔다 하기 시작한 건, 어디 보자, 두 번째 팬데믹이 막바지에 이를 즈음이었어요. 동료들 말로는 그곳에 바이러스 확진자들을 수용하는 격리센터가 생길 거라고 했지요. 약을 먹어도 낫지 않고 영원히 몸 안에 바이러스를 간직한 채 살아야 하는 사람들. 그런 자들이 와서 지내게 될 거라는 흉흉한 소문이 돌자, 다들 그쪽으론 눈조차 돌리려 하지 않았어요. 그렇지만 난 더럽게 운이 없어서 결국 그쪽 일대를 작업 구역으로 배정받았고, 어쩔 수 없이 하루 두 번 공장 주변을 돌며 쓰레기를 수거해야 했지요. 처음엔 별다른 게 없었어요. 그저 철조망이 생기고 사람들이 좀 드나든 것밖엔. 그러던 어느 날, 좀 다른 광경을 봤지요. 거대한 컨테이너 트럭 여러 대가 공장 부지 안쪽으로 줄줄이 들어가고 있더군요. 아마 그때부터였을 거예요. 상부에서 그 일대를 아예 작업 구역에서 제외했고 나도 다행히 그 기분 나쁜 장소로 가지 않아도 된 게 말이에요. 그나저나 참 이상하네요. 겨우 삼년 전 정도의 일인데 이렇게 기억이 가물가물하다니요. 변종 니파바이러스가 창궐하던 때가 마치 수십 년 전같이 느껴져요. 247번 확진자가 우주선을 타고 지구를 떠나던 장면도 기억이 생생한데…… 왜냐하면 그날은 나도 너무 기뻐서 그 광경을 지켜보며 환호했으니까요. 그가 죽었다는 소식을 들었을 땐 어땠냐고요? 뭐…… 기쁘다기보다는 안도했다고 할까. 죽은 247에겐 미안하지만, 어쩌겠어요. 살사람은 살아야지. 하지만 당신한테만 말하는 건데, 그 후로 난 악몽을 꿔요. 적어도 일주일에 한 번 정도는 무시무시한 꿈을 꾸다 소리치며 깨어나는 거죠. 꿈에서는 언제나 어떤 컴컴한 공간을 헤매요. 그러다 '아, 여긴 그 공장이잖아!'라고 깨닫고는 소스라치게 놀라는 거죠. 난 허우적대며 거기서 빠져나오려고 해요. 아무리 팬데믹이 끝났다 해도 그곳엔 여전히 바이러스가 가득할 테니까요. 알고는 있어요. 거기 있던 환자들은 죽거나 집으로 돌아갔고 수용소는 이제 텅 비어 있다는 걸요. 그렇지만 한번 바이러스에 오염됐던 장소는 앞으로도 영원히 오염되어 있는 거 아닌가요? 꿈에서 나는 그 사실을 떠올리며 발버둥치지만 그럴수록 점점 더 그 늪 같은 장소로 가라앉아요. 그러다가 죽을 것 같은 공포심에 정신을 잃을 무렵, 그가 나타나는 거예요. 247번 확진자. 그 무서운 슈퍼전파자. 어느새 공장의 높은 천장은 무겁고 흐린 잿빛 하늘로 바뀌어 있고, 247의 음울한 얼굴이 모든 걸 뒤덮으며 내려앉기 시작해요. 그러면 나는 소리를 지르며 잠에서 깨어나는 거죠. 그날도 마찬가지였어요. 공장 부지에 우연히 갔던 날. 그날 아침도 똑같은 악몽을 꾸다 깨어났고, 찜찜한 기분으로 출근했는데…… 귀신에 홀리기라도 한 건지 나도 모르게 격리수용소 쪽으로 가고 만 거죠. 어떤 사람들은 내가 숨어서 담배를 피우려고 으슥한 장소를 일부러 찾아갔다고들 하는데, 그건 순 거짓말입니다. 난 담배 따윈 입에 대지도 않거든요. 미치지 않고서야 한 모금만 빨아도 폐가 마구 썩어들어가는 그런 위험천만한 약물에 누가 손을 대겠어요, 안 그래요? 하여튼 중요한 건 내가 그때 나 자신도 알 수 없는 이유로 격리수용소 자리에 갔다는 건데요. 마침 그날따라 하늘은 흐릿하고 곧 비라도 내릴 것처럼 어둡게 가라앉아 있었어요. 어디선가 바람이 불어와 잡초가 이리저리 흔들리며 우수수, 솨아, 하는 소리를 내고 있었고요. 이런저런 생각에 빠져 하염없이 걷다가 정신이 번쩍 든 나는, 왠지 무서운 기분이 들어 얼른 발걸음을 돌렸어요. 마치 꿈에서처럼 최대한 빨리 여길 빠져나가야겠단 생각뿐이었죠. 그런데 문득 이상한 느낌이 드는 거예요. 왜 그런 거 있잖아요. 항상 똑같던 장소에 아주 작은 변화가 생기면 무의식적으로 느끼는 묘한 기분. 편도 1차선의 좁은 도로로 나가려다 말고, 난 철조망 너머를 자세히 살폈어요. 이럴 수가! 항상 꼭꼭 닫혀 있던 공장의 철문이 아주 조금 열려 있지 뭔가요. 처음에는 그냥 가려고 했지만, 호기심을 이길 순 없었어요. 나는 잡초 더미 뒤에 몸을 숨기고 잠시 지켜보기로 했어요. 이런 위험한 장소를 드나드는 이가 누군지 살펴보고 여차하면 방역센터에 신고할 생각이었거든요. 알지요? 위험구역에 함부로 출입하면 어떻게 되는지? 숨을 죽인 채 얼마나 지켜봤을까, 갑자기 말도 안 되는 일이 벌어진 겁니다. 그래요, 폐허가 된 공장의 녹슨 철문이 열리더니 거기서 누가 나왔는지 알아요? 이게 꿈은 아닌가 싶어서 허벅지를 몇 번이고 꼬집어봤다니까요. 밤에만 꾸던 악몽이 낮의 꿈으로 변용된 건가, 스스로에게 이렇게 묻기도 했고요. 그래요, 공장 문 뒤에서 나타난 사람은 247이었어요. 그 악마 같은 놈, 바이러스 덩어리, 최후의 인간 자연 숙주. 놈은 자기가 감염된 걸 알고도 해열제를 먹으며 증상을 숨기고 사방팔방을 돌아다녔다지요? 그런데 그가 거기서 나온 거예요. 잘못 본 게 아니냐고요? 아니, 절대 그렇지 않아요! 난 누구보다도 그놈 얼굴을 잘 아니까. 오죽하면 밤마다 꿈을 꿨겠어요. 솔직히 말하면, 나도 그땐 내가 미친 건가, 의심이 들었어요. 왜냐하면 그가 하얀 우주복을 입고 통로를 지나 우주선에 타는 장면을 티브이로 분명히 지켜봤으니까요. 그리고 그가 우주에서 라이브 방송을 하는 것도 봤고, 또 그가 죽었다고 WCDC가 발표하는 것도 확실히 들었거든요. 그런데 그곳에서, 폐허가 된 육가공 공장에서 그가 나오다니요! 난 숨을 죽인 채 247을 지켜봤어요. 철문에서 나온 그는 수염이 텁수룩하고 얼굴은 깡마른 데다 머리는 산발을 하고 있었어요. 어리둥절한 얼굴로 사방을 둘러보더니 깊이 숨을 들이마셨지요. 그러다가 바닥에 무릎을 꿇고 앉더니 흙을 한 움큼 집어 냄새를 맡더군요. 넋을 놓고 보고 있는데, 247이 갑자기 일어섰어요. 그는 기묘한 걸음걸이로 땅을 딛고 걸어가더군요. 철조망에 달린 문을 밀어 열고는 마치 지구에 처음 와본 외계인처럼 어색하게 걸어갔어요. 편도 1차로의 좁은 길, 아무도 다니지 않아서 잡초로 뒤덮인 그 길로 말이에요. 그래서 어떻게 됐냐고요? 나도 몰라요. 난 그저 우거진 잡초 뒤에 숨어서 그의 뒷모습을 지켜보기만 했으니까요.

그날 돌아가자마자 동료들에게 그 얘길 했어요. "그 공장 부지에 가본 적 있어? 변종 니파바이러스가 돌 땐 격리수용소였잖아." 이렇게 말만 꺼내도 동료들은 모두 손사래를 치며 머리를 흔들었어요. 그런 델 왜 갔냐며, 지금이라도 검사를 받아봐야 하는 거 아니냐는 동료도 있었지요. 나는 목소리를 낮추며 말했어요. "거기서 247을 봤어. 정말이야. 그자가 안에서 나오더라니까." 그렇지만 내 말을 진지하게 받아들이는 이는 하나도 없었어요. 다들 피식 웃으며 외면했으니까요. 아, 생각해보니, 그중 한 사람이 이런 말을 하긴 했어요. "너 247의 얼굴을 알긴 하는 거야? 난 기억도 안 나거든? 아마 우리 중에 그놈 얼굴을 기억하는 사람은 아무도 없을걸? 그러니 헛소리 말고 얼른 하던 일이나 마저 하라고." 결국 난 방역센터에 전화를 했어요. 그러고는 W시 외곽에 있는 폐쇄된 공장 부지에서 247을 봤다고 말했지요. 그 후 어떻게 됐냐고요? 보면 몰라요? 난 미친 사람 취급을 받았고, 특별 관리 대상자가 됐어요. 그래서 이렇게, 일주일에 한 번씩 상담을 받고 약을 처방받는 신세가 된 거죠. 뭐, 약 때문인지는 모르겠지만, 이젠 나도 내가 본 게 정말로 뭐였는지 잘 모르겠어요. 어쩌면 정말 한낮의 악몽이었을지도 모르죠. 흠, 생각해보니 차라리 그게 나을지도 몰라요. 247을 실제로 보느니 내가 미쳐버린 게 낫다는 뜻이죠.

26장. 너희는 서로 사랑하라

--. ----. ...- .- --. ....

.-- ... ...- .-.. .- --.

.-- . .-- ..- .... - --. --. --. --. ...

-... ....--- . --. --. --

--. .... --. ---- .... ----

--. ..- --. . .--- . ...- --. ....

.... - --. --. --. ....

경전의 첫 장은 모스 부호로 뒤덮여 있다. 뒤에 이어지는 페이지까지 옮겨보면 대충 이런 내용인데, 신자들은 그것이 우주 어딘가를 떠다니고 있을 247의 정신이 교주의 머리에 텔레파시로 전달된 거라고 확신한다.

우리는 모두 어머니 지구의 자식들입니다.
인간을 고통으로 몰아넣은 바이러스를 살펴보십시오.

그들은 다 어디에서 왔을까요?

그들은, 인간이 자연을 무참히 말살하고 어머니 지구를

뼛속까지 파헤치던 바로 그 순간 태어났습니다.

이제 우리는 깨달아야 합니다. 이게 끝이 아니라는 것을.

만약 우리가 어머니 지구를 존중하지 않는다면

이 고통은 영원히 끝나지 않을 겁니다.

자, 복창합시다. 247의 메시지를.

너희들은 서로 사랑하라. 사랑만이 우리를 구원하리라.

잊지 말아야 할 것은, 이 사랑이 결코 인간에게만 국한되는 것이

아니라는 사실입니다. 사랑은 모든 존재, 하다못해 미생물, 바이

러스, 우주먼지에까지

주어져야 합니다. 그러지 아니하면 우리는 끝없는 질병의 고통에

시달릴 테고

마침내는 멸종하고 말 겁니다.

제단 앞에 선 교주는 흰색 튜닉 같은 윗옷에 빛바랜 청바지를 받쳐 입었는데, 머리엔 기묘하게 생긴 헬멧을 쓰고 있다. 헬멧 한가운데, 그러니까 정수리 부분에 은빛 금속 막대기 같은 게 뾰족하게 솟아 있는 게 특히 인상적이다. 그의 머리에 솟은 그 은색 막대의 정체가 뭔지는 회당 입구에 진열된 안내 책자에 자세히 나와 있다. 책자에 의하면 교주는 평범한 회사원이었는데, 어느 날 갑작스레 계시를 받았다. 그러니까 정확히는 변종 니파바이러스 팬데믹이 종식되고

마지막 남은 슈퍼전파자이자 초강력 바이러스 확진자인 247이 지구 위 우주정거장에서 숨을 거두던 날.

마침 교주는 깨달음을 얻고 회심하던 순간의 이야기를 들려주는 중이다. 어찌나 열정적으로 외치는지 이마에선 구슬땀이 흐르고 얼굴은 붉게 상기되어 있다.

"변종 니파바이러스 팬데믹은 우리 모두를 막다른 곳으로 몰고 갔습니다. 나 또한 예외는 아니었지요. 나는 세상을 미워했고 인간을 이렇게까지 몰아붙인 신을 원망했어요. 그런데 그때 247이 홀연히 나타난 겁니다. 그는 우리의 죄를 모두 뒤집어쓴 채 스스로 고난의 길을 걸어갔어요. 저 막막하고 검은 우주로 혼자 떠나, 거기서 생을 마감했다 이 말입니다. 생각해보세요. 만약 그가 싫다고 했다면? 끝까지 지구에 남겠다고 고집을 피웠다면? 그러면 우린 감염의 공포에 떨며 하루하루 두려움의 나날을 보냈겠지요. 그러나 247은 스스로를 희생하여 결단을 내렸습니다. 그는 남은 바이러스 전체를 자기 안에 짊어지고 홀로 질병의 십자가를 끌고 갔어요. 그러고는 의연하고도 결연한 자세로 우주선에 올랐던 겁니다. 그곳에서, 그 차갑고 검은 우주에서 쓸쓸히 죽음을 맞기까지 그는 얼마나 외로웠을까요. 얼마나 슬펐을까요. 247이 죽었음을 듣던 날, 내 눈에선 뜨거운 눈물이 흘러내렸습니다. 그런데 그날 밤, 의인의 마지막을 마음속으로 기리며 홀로 걷던 중, 머릿속에서 이상한 소리가 들려왔습니다. 물론 처음엔 제대로 알아듣지도 못했어요. 그저 길에서 들려오는 소음이나 아니면 이명 정도로만 여겼으니까요. 하지만 소리는 시도 때도 없이 반복됐고, 마침내 나는 그게 모스 부호를 소리로 변용한 신호라는 걸 알게 되었지요! 그때부터 나는 그 길거나 짧은, 중간엔 딱딱 끊어지기도 하는 소리를 받아 적었고, 모스 부호 해독기를 통해 247의 메시지를 이해하게 됐던 겁니다. 그분의 첫마디는, 이젠 너무나 널리 알려져서 굳이 말해야 할 필요가 있는지는 모르겠지만, 바로 이거였습니다. '너희들은 서로 사랑하라.' 그 말씀을 읽는 순간, 내 눈에선 또다시 감동의 눈물이 넘쳐흘렀습니다. 그렇습니다, 247은 살아계셨어요. 그분은 죽지 않았던 겁니다. 물론 몸은 죽었겠지요. 다 태워서 작은 유골함에 밀봉한 뒤 로켓에 실어 멀리 태양계 밖으로 보냈다는 소식을 나도 들었으니까요. 그러나 247의 숭고한 정신은 영원히 살아남아 인류에게 사랑의 메시지를 전했던 거예요. 그분은 많고 많은 사람 중에 나를 택했고, 난 그 뜻을 받들어 더 많은 이들에게 진리를 전하는 일에 내 한 몸을 바치기로 결심했습니다. 그 후 나는 수시로 들려오는 247의 메시지를 더 명확히 수신하기 위해 특수한 헬멧을 주문 제작했고, 사람들에게 그 말씀을 설파하기 시작했습니다. 그러니 명심하세요. 247의 육신은 비록 이 세상을 떠났지만 그분의 정신은 영원히 살아 계신다는 사실을요."

교주의 열띤 설교에 회당을 가득 메운 신도들이 "아멘"이라고 외친다. 그때 뒷문이 열리며 누군가가 조용히 들어온다. 눈을 감은 채 소리치던 교주가 살짝 샛눈을 뜨고 그를 본다. '흠, 새로 온 신자인가?' 속으로 생각하며 교주는 다시 하늘을 향해 두 손을 번쩍 든다.

새 신자로 보이는 이는 사람들 사이로 비집고 들어와 앉는다. 이

회당은 의자 없이 그냥 앉게 되어 있고, 보일러를 틀어놨는지 바닥은 따뜻하다. 모든 게 신기하다는 듯 사방을 두리번대던 새 신자가 옆에서 두 손을 모은 채 기도하던 사람에게 묻는다. "……247을 정말로 믿습니까?" 기도하던 사람은 화들짝 놀라며 그를 쳐다본다. 어떻게 그런 불경한 질문을 하느냐는 표정이다. 잠시 교주가 서 있던 제단 쪽을 바라보던 새 신자는 이번엔 다른 이에게 묻는다. "혹시 247을 본 적 있습니까? 그러니까 내 말은 텔레비전이나 뭐 그런 데서 말입니다." 그러자 기도를 잠깐 멈추고 상대방은 답한다. "당연하지요. 어떻게 247의 얼굴을 모르겠어요. 그분의 얼굴은 언제나 내 안에 있고, 나를 이끌어줍니다. 아, 물론 저기 회당 벽에도 붙어 있고요. 보세요. 아멘." 그러면서 그는 벽에 걸린 거대한 초상화를 손가락으로 가리킨다. 초상화 속 247은 부드러운 미소를 띤 채 반쯤 눈을 감고 가부좌를 틀고 앉아 있다.

기나긴 기도와 찬송이 끝나고 교주는 잠시 쉬며 물을 마신다. 목이 칼칼하고 따가운 걸 보니 너무 무리한 걸까. 퍼뜩 생각이 나서, 그는 새 신자가 앉아 있던 쪽을 찾아본다. '좀 있다가 환영 인사를 해줘야겠군.' 그러나 새 신자는 보이지 않는다. 지루한 예배에 지쳐 나가버린 걸까. 하지만 교주는 별로 실망하지 않는다. 어차피 신도는 계속 늘어날 거고, 그의 머릿속에선 247의 메시지가 영원히 되풀이될 테니까.

27장. 프롤로그

기록자가 의자에서 일어선다. 그는 방금 마지막 기록을 끝낸 참이다. 이제 어디로 갈지는 아직 정하지 않았다. 하지만 서두를 게 없다고, 그는 생각한다:

지구에 있는 사람들을 상대로 라이브 방송을 하자는 아이디어를 낸 건 WCDC 측이었어. 내가 지내던 우주정거장엔(알지, 그 이름이 ISS라는 건? 우주로 오기 전에 나는 WCDC 수장에게 직접 들었어. 원래 그건 2030년까지 사용할 예정이었지만 예상보다 빨리 민간 우주정거장이 완성되는 바람에 폐기를 앞당길 수 있게 됐다고. 그는 마치 엄청난 자비를 베풀기라도 하는 것처럼 떠벌리더군. "어떻소, 그 넓고 안락한 국제우주정거장에서 누구의 방해도 받지 않고 안전하게 지낼 수 있게 된 거요. 그야말로 불행 중 다행 아니오?" 난 그냥 알았다고 대답했어. 왜냐고? 다른 방법이 없잖아. 지구에선 이제 내가 갈 곳은 없었어. 선택의 여지 자체가 없었다, 이 말이야. 아니, 아니. 솔직히 말할게. 그들이 우주에서 지낼 걸 제안했을 때, 난 차라리 기뻤어. 생각해봐. 귀를 좀 기울여보라고. 땅속에서 새어나오는 저 비명 소리, 정말 안 들리는 거야? 파묻힌 모든 것들이 아우성치고 있는데, 진짜 모르겠냐고. 우주는 진공이니까 저 끔찍한 소리들도 거기까진 전달되지 않을 테지. 그래, 지구를 떠난다면 편히 잘 수 있을 것 같았어. 매일 밤 시달리던 악몽에서 벗어나 꿈도 없는 깊은 잠을 잘 수 있으리라 여겼지. 난 수장이 내민 서류에 못 이기는 척 서명을 했어. 자, 이제 알겠지? 내가 왜 이곳으로 왔는지. 당신들이 나를 쫓아낸 게 아니라, 내가, 스스로, 그곳을 떠났다는 것 말이야. 난 지구를 버렸어. 가뿐하고 홀가분한 심정으로) 카메라가 달린 노트북이 있는데, 그걸 이용해서 그들은 내 동태를 살피곤 했지. 그런데 하루는 그들이 제안을 한 거야. "지구에 당신 얼굴을 보여주면 어떻겠소? 모두 궁금해하고 있으니까." 솔직히 난 지구 놈들과 아무 말도 하고 싶지 않았어. 바이러스가 우글댄다며 나를 쫓아내고 격리시킨 사람들과 대체 무슨 얘길 나누겠냐고. 하지만 그들은 내게 거부할 수 없는 당근을 제시했어. "만약 제안에 응하면, 다음번 보급선이 들어갈 때 특별식을 챙겨다 주겠소. 그리고 당신이 듣고 싶다던 음악도 가져다주고. 어떻소?" 참, 내가 얘기했던가. 우주정거장으로 한 달에 한 번씩 보급선이 온다는 것을. 그들은 내가 필요로 하는 물품을 싣고 왔어. 하역이 끝나면 그 사람들이 신호를 울렸고, 그러면 나는 조용히 통로를 지나 도킹스테이션과 연결된 하역장에서 물건을 챙겨 오는 거야. 물론 우리는 절대로 얼굴을 마주치지 않았어. 왜인지는 잘 알 텐데. 그래, 그놈의 감염 위험 때문에 난 인간이라고는 만나지도 못한 채 혼자만의 고독에 빠져 하루하루를 보냈다고. 어쨌거나 라이브 방송은 완전히 망하고 말았어. 막판에 내가 분노를 참지 못하고 욕을 퍼부었으니까. 놈들은 내게 사과하라고 했어. 바이러스를 퍼뜨린 것을 속죄해야 한다나. 주먹을 휘두르며 욕하고 소리쳤더니, 센터는 재빨리 통신을 끊어버렸지. 뭐, 당신도 봤는지 모르겠군. 시뻘겋게 변한 얼굴로 악을 쓰는 내 모습을.

한동안 의자에 앉아 있다가 퍼뜩 떠오르는 게 있어서 벌떡 일어섰어. 센터를 다시 호출한 다음 물었지. "그래도 약속은 지키겠지요? 특별식과 음악." 센터 직원들은 기분이 나빠 보였지만 마지못해 고개를 끄덕이더군. 참고로 내가 부탁한 건, 웸(Wham!)이 부른 〈Wake Me Up Before You Go —Go〉가 수록된 1984년 음반이었지. 왜 하필 그 노래냐고? 글쎄, 나도 몰라. 그걸 들으며 운동이라도 하려던 걸까. 하긴, 오래전에 시험공부를 하며 음악을 듣곤 했는데, 그때 듣던 노래가 바로 그거긴 했어. 아버지 몰래 듣는 거라 최신 음악을 구할 순 없었고, 창고에 굴러다니는 CD를 가지고 왔으니까. 그 노랠 들으며 창밖의 나무를 바라볼 때, 그때가 내 인생에서 가장 행복한 순간이었지. 라이브 방송을 마친 뒤 며칠이나 흘렀을까? 우주에선 날짜를 가늠하기 힘들거든. 신경을 쓰면 알 수 있겠지만······ 난 시간의 흐름 따위엔 아무 관심도 없었어. 그래서 보급선이 언제 오는지도 모른 채 지냈던 거고 말이야. 어느 날 수면 캡슐에 누워 있는데, 알림음이 요란하게 울리더군. 그건 보급선이 물건을 두고 갔다는 신호였어. 나는 벌떡 일어나 통로를 따라 달렸지. 흥분과 기대로 심장은 터질 듯 두근대고 있었어. 뭐 그런 걸 갖고 그렇게 기뻐하냐고 하겠지만, 상상해봐. 만약 당신이 있는 곳이 텅 비고 광활한 우주라면? 거기서 그토록 듣고 싶던 음악을 들으며 (비록 가짜 고기로 만든

패티이긴 하지만) 햄버거를 먹을 수 있다면? 그럼 당신도 나처럼 심장이 터질 듯 뛸 거라고. 도킹스테이션으로 나 있는 통로는 어두웠어. 거긴 본래 등이 달려 있지만, 왜인지 툭하면 전구가 나가곤 했지. 그날도 불은 꺼져 있었고, 난 손으로 벽을 더듬으며 앞으로 나아갔어. 그런데 뭔가 느낌이 이상한 거야. 잘 보니, 저 앞에 어스름한 빛이 비치고 있더군. 빛……? 빛이라니. 내가 알기론 통로는 지금 완전히 태양의 반대편에 있고, 그래서 어둠만이 계속되어야 정상이거든. 그런데 왜 저 끝에 빛이 비치는 걸까? 그쪽을 향해 걷는데 문득 내가 진짜 죽은 건가, 하는 생각이 들었어. 임사체험을 한 사람들 얘길 들어보면 하나같이 환한 빛이 비치는 둥근 통로를 걸어갔다고 하니 말이야. 하긴, 바로 죽는다 해도 별로 서운할 건 없었어. 난 최악의 변종 바이러스에 감염됐고, 지구의 모든 인간을 죽음으로 몰고 갈 수 있는 위험한 존재잖아. 아아, 결국 이렇게 끝나는구나. 나는 모든 걸 받아들이며 눈을 감았어. 그러고는 영원히 숨이 멎기를 기다렸지. 그런데 한참 있다가 눈을 떴는데도 여전히 숨을 쉬고 있지 뭐야. 게다가 멀리 통로 끝에서 비쳐드는 빛도 그대로였어. 아니, 오히려 처음보다 더 밝아진 것도 같았지. 마침내 나는 용기를 내 거기에 가보기로 했어. 그런데 한 발씩 천천히 걸어 통로 끝에 도달했을 때, 난 너무 놀라 주먹으로 입을 틀어막았어. 왜냐고? 통로 끝 철문이 열려 있는 거야. 우주선의 문이 열려 있으면 어떻게 되는지는 통제센터 직원들에게 들어서 잘 알고 있었어. 그 틈으로 산소가 다 빠져나가고, 안에 있던 사람은 압력 차로 인해 온몸이 부풀고 눈알이 터져서 죽게 된다고 그들은 항상 경고했지. "물론 그럴 일은 없을 테지만요. 우주정거장의 시스템은 최첨단으로 관리 통제되고 있으니 안심하십시오." 안전교육을 마친 뒤에 그들이 언제나 하는 말이었어. 난 열린 문을 보며 머리를 쥐어뜯었어. 지금 이 순간에도 산소는 우주 공간으로 빠져나가고 있을 테고, 내게 남은 시간은 얼마 안 된다는 생각에 손발이 덜덜 떨렸지. 그래, 일단 닫아보기라도 하자. 겨우 이렇게 결론을 내리고, 난 열린 철문을 향해 다가갔어. 우주선의 문이 열리면 모든 게 그 밖으로 빨려 나갈 테지만, 어차피 이래 죽으나 저래 죽으나 마찬가지잖아. 안 그래?

한데 말이야, 통로 끝에 다다라 철문에 손을 대는데, 갑자기 머리를 한 대 얻어맞은 것 같더라고. 말도 안 되는, 믿어지지 않는 광경이, 문틈으로 보였으니까. 그건, 그러니까 그 작은 틈, 빛이 들어오는 갈라진 틈으로 보이는 건, 풀잎이었어. 초록색 싱그러운 풀은 아니지만, 그래도, 시들고 누렇게 변했다 해도 풀잎은 풀잎이니까. 난 그게 환상이 아니라는 걸 알았어. 왜냐하면 그 좁은 틈으로 먼지, 흙, 시든 풀, 나무 그런 것들의 냄새가 확 실려 왔거든. 나는 비틀대며 걸어가 손으로 문을 밀었지. 끼익. 이럴 수가. 문을 열며 난 놀라서 뒤로 물러섰어. 왜인지는 모르겠지만 밖은 우주가 아니었어. 바깥엔 지상이 있었던 거야. 그래, 땅 말이야. 내가 지금 밟고 서 있는 바로 이 땅. 혹시 내가 완전히 돌아버린 걸까? 산소 결핍이 계속되면 뇌세포가 이상해진다는 얘길 어디선가 들은 적 있거든. 아니, 아니야. 난 죽고 만 거지. 죽어서 꿈에도 그리던 지상에 내려온 거야. 영혼 같은 걸로 변해서 말이지. 하지만 아무리 봐도 풀과 나무는 진짜였어. 진짜였다고. 열린 문 앞에서 나는 오래도록 망설였어. 나갈까, 말까. 만약 여기서 발을 내디뎠는데, 그냥 텅 빈 우주 공간이라면? 이 모든 광경, 그러니까 잡초로 뒤덮인 황량한 벌판과 구름이 내려앉은 저 회색 하늘이 그저 상상의 산물이라면? 그때 이런 생각이 들더군. 어차피 난 죽은 자니까. 이 지상에서 나는 이미 무(無)이니까. 아무것도 없는 검은 나락으로 떨어지나 바이러스로 죽으나, 매한가지 아닌가. 마침내 난 바깥으로 한 걸음을 성큼 내디뎠어. 눈을 꼭 감고서.

보이지 않는 묘비들

중세에 흑사병이 유행할 때, 베네치아에선 항구로 들어오는 배를 40일간 바다에 머물게 했다. 그렇게 배를 정박시킨 뒤, 선원 중에 흑사병 증세를 보이는 사람이 있는지 살핀 것이다. 만약 흑사병으로 의심되는 사람이 발견되면 가차 없이 바다에 던졌다고 하니, 이 또한 무서운 일이다. 이탈리아어로 콰란타(Quaranta)는 40이란 뜻을 가졌는데, 현대의 격리, 방역을 의미하는 쿼런틴(Quarantine)에는 바로 이러한 유래가 있다.

격리, 쿼런틴. 이 말을 생각하면 자연스럽게 2020년 봄의 컴컴하고 암울하던 터널이 떠오른다. 당시 남부지방의 한 정신병원에서 첫 번째 코로나19 사망자가 발생하면서, 코호트 격리가 처음 시행됐기 때문이다. 감염병의 전파를 선제적으로 막기 위해 어떤 집단 전체를 외부와 격리하는 코호트 격리는, 주로 노인들이 입원한 요양원이나 요양병원에 집중됐다. 아직 치료제가 나오기 전이어서, 격리된 환자들은 그 안에서 아무런 치료도 받지 못한 채 죽어갔다. 격리되어 죽어간 이들은 코로나19 환자만이 아니었다. 다른 지병이 악화됐지만, 외부와 분리되어 적절한 치료를 받지 못하고 속절없이 죽어간 경우도 많았다. 그 안에 있던 의료진이나 간호·요양 인력 역시 환자들과 운명을 같이 했다. 가족들은 죽은 부모의 시신조차 제대로 보지 못하고 서둘러 화장터로 보내야 했다. 그때는 아침마다 뉴스를 열면, 마치 거대한 회색 공동묘지로 변한 세계를 마주하는 기분이었다.

때론 그 모든 일들이 현실이었는지 의문이 들곤 한다. 황금연휴를 맞아 북적이는 공항 사진을 보거나 사람들이 가득한 음식점에 들어서면, 기묘한 괴리감으로 멍하니 서 있을 때도 있다. 과연 정말로 그렇게 많은 이들이 한꺼번에 죽었던 걸까? 어쩌면 우리는 다 같이 무시무시한 악몽을 꿨던 걸까? 불과 백여 년 전의 일인 스페인독감 창궐이 이젠 전설처럼 여겨지듯, 언젠가는 코로나19 바이러스가 휩쓸던 시간도 그렇게 희미해져 갈 것이다.

소설을 퇴고하던 중 코로나로 며칠을 앓았다. 정작 팬데믹 때는 그 많은 환자를 대하면서도 끄떡없었는데, 뒤늦게 찾아온 바이러스는 생각보다 훨씬 강력했다. 사나흘을 누워 지내며, 오랜만에 **그들**을 떠올렸다. 약도, 백신도 없던 코로나19 팬데믹 초기, 텅 빈 무덤 같은 건물에 갇혀 꼼짝없이 죽어간 이들. 그들이 느꼈을 고통과 절망이 얼마나 컸을지 가늠조차 되지 않았다. 인류의 가장 어두웠던 시기 중 한때, 그들은 외부에 바이러스를 퍼뜨리지 않아야 한다는 대의를 위해 스스로를 희생한 사람들이다. 나는 그들의 묘비가 보이지 않는 허공 어딘가에 있다고 생각했다. 아마도 그것은, 긴 역사 속에서 사피엔스종이 겪은 모든 위기의 끝자락마다 세워진 묘비들의 행렬 맨 뒤에 쓸쓸히 서 있지 않을까.

247의 모든 것

1판 1쇄 발행 2024년 5월 10일

지은이 · 김희선
펴낸이 · 주연선

(주)은행나무
04035 서울특별시 마포구 양화로11길 54
전화·02)3143-0651~3 | 팩스·02)3143-0654
신고번호·제 1997—000168호(1997. 12. 12)
www.ehbook.co.kr
ehbook@ehbook.co.kr

ISBN 979-11-6737-423-3 (03810)